U0730547

亦摇亦点头

刀尔登 / 著

中国文史出版社

图书在版编目（CIP）数据

亦摇亦点头 ／ 刀尔登著. — 北京：中国文史出版社，2015.7
ISBN 978-7-5034-6592-5

Ⅰ．①亦… Ⅱ．①刀… Ⅲ．①散文集－中国－当代 Ⅳ．①I267

中国版本图书馆CIP数据核字(2015)第173776号

亦摇亦点头

财新图书主编：徐　晓
财新图书策划：张家艺
责任编辑：戴小璇
封面设计：合和工作室
版式设计：谭　锴

出版发行：中国文史出版社
社　　址：北京市西城区太平桥大街23号　邮编：100811
电　　话：010－66173572　66168268　66192736（发行部）
传　　真：010－66192703
印　　制：北京鹏润伟业印刷有限公司
经　　销：全国新华书店
开　　本：889毫米×1230毫米　1/32
印　　张：7
字　　数：110千字
版　　次：2015年8月北京第1版
印　　次：2015年8月第1次印刷
定　　价：36.00元

目录

辑壹

目录

辑 贰

辑叁

目录

辑

·

壹

谁读完了《尤利西斯》

前些日子，一位朋友送给我一本《伦敦塔集雨人》。他喜欢这书，送我一本，自是希望我阅读，然后同他讨论。我随手翻开《伦敦塔集雨人》，看到这样的描写：

"她把外套挂在衣架上，旁边是个真人大小的充气娃娃，嘴巴是个深红的洞，这件物品还没人敢认领。绕过转角，她站在旧式维多利亚柜台边，柜台门还是关着的……"

又翻开一页——

"别的还有哪些呢？一只科摩多龙，来自印度尼西亚总统。科摩多龙是世界最大的蜥蜴，可以打趴下一匹马。它们是食肉动物，咬起来很凶猛，会往猎物身上注入毒液。所以我会留意那只动物，如果我是你的话。"

我鼻子里哼了一声，把书放在一边了。这一"哼"的意思，不外是说，这是哄小孩儿的。在我看来，作者的描述有过多的"冗余"细节，意在迷惑意志不那么坚定的读者；而我，自诩为老练、世故的读书人，才不买账呢——如果与情节无干，谁在乎娃娃的嘴巴是什么颜色呢？

然后我就绝望地想，天哪，我真是老了。

这话是从何说起呢？如果是在四十年前读到这样的段落，我的眼睛会发亮！我会追踪、玩味每一个细节。科摩多龙！这名字就足够让一个孩子的想象飞驰一会儿了，我会停下阅读，在脑中构造"打趴下一匹马"的画面；这一小段话，够我享受好几分钟，咯咯笑好几次。经验是如此排他，现在的我，头脑塞满辛苦积攒起来的各式法宝，从而只会"哼哼"，不会"咯咯"了。

在詹姆斯·乔伊斯的小说《尤利西斯》第四章中，布卢姆磨蹭半天，总算要出门了：

"在门前台阶上，他伸手到后面裤袋里摸大门钥匙。没有。在昨天换下来的裤子里。得拿。马铃薯倒是在。衣橱吱吱格格响。没有必要吵她。刚才她翻身的时候就是还没有睡醒。他很轻很轻地把门拉上，又拉紧一点，让门下端刚够上门槛，虚掩着。看来是关着的。反正我就回来，没有问题。"

还记得那个"木枷，文书，和尚，我"的老笑话吗？我现在外出，关上家门之前，总要摸一摸口袋。钥匙永远是放在左边裤兜里的，右边则是电话，上装右面口袋里是钱包（现在的扒手不读文章，对吧？），左面有香烟。"钥匙，电话，钱包，烟。"我心里念叨着，放心地下楼了。亲爱的读者，您也这样吗？如果是，那么恭喜，您也老了，您和我一样，对外部世界，以及外部世界的外部世界，丢掉了兴致，您和我一样，每天出门，实际上一直留在门内。

在我还是个小不点儿的时候，从外祖母那里听了好多故事。有这样一类故事，主人公（通常是个傻气的老三）被父亲或坏心眼的兄弟赶出门，一天之内，或是遇见三件美事，或是学会了三句妙语。这些年我没少外出旅行。而每次旅行快结束时，我都在心里嘀咕："人家傻小子出去转悠一天，还学会了三句话了。我都出来一个月了……"

可别小看那类故事，它们属于一个伟大的叙事传统，这传统的代表，在我国有《西游记》《水浒传》，有《儿女英雄传》《老残游记》等，在欧洲，则有近代小说之开端最显赫的一批作品，《巨人传》《小癞子》和《堂吉诃德》，有后来的《天路历程》《痴儿西木传》《吉尔·布拉斯》《汤姆·琼斯》……有美洲的《癞皮鹦鹉》《哈克·贝利芬历险记》，以及《麦田里的守望者》和《奥吉·玛琪历险记》，如果限定不那么严，还得算上我从小就熟悉的《格列佛游记》，以及曾很想读却至今没有读过的《克莱丽莎》，还得算上匹诺曹和爱丽丝。这书单子可以开得很长，这传统可以追溯到伟大的荷马，然后继续上溯，直到我们祖先的祖先，那最早的一批说故事人。

最早的一批说故事人……他们说什么呢？他们才不会说，"我今天早上，吃了两个煎饼……"，他们的故事，应该很像《奥德赛》的开头，说的是一个人"飘游到许多地方"，见到了许多在家中见不到的事物。是什么令我们的祖先守着炉火，眼睛闪光，听一个家伙絮絮叨叨地说话呢？这人是外邦人，传令人，还是还乡浪子？他的故事，像抛进波澜不惊的生活里的石头，激起了什么样的涟漪呢？这些涟漪传到了我们这里，减弱至什么程度呢？

说起《奥德赛》，想起了《尤利西斯》。

《尤利西斯》的威名，是在大学里听到的。那会儿，欧美现代文学，刚刚挤进门缝儿，而其影响力，又绝不仅限于中文系的学生。"现代派"，对差不多所有人来说，都是有魔力的词儿，我们像在山洞里沉睡多年，醒来后的第一件事，自然是要赶上时代的进度。短短几个月里，每人都知道了一大批作品和作家的名字，急不可待地等着译作。译作出得很快，但无论如何，也供不及这批贪婪的学生——我们恨不得在一年之内，把所有的好东西都读到，仿佛读到之后，便成"现代人"，与世界齐头并进，而甩开周围的人几十步了。

完整的译本，来不及提供，便有些选段，出现在选本上，好比有口皆碑的餐厅，让香气飘到我们这些排着队、伸长脖子等座儿的人前，暂且慰藉大伙儿的饥肠。这些餐厅中，门口排队最长的，便是《尤利西斯》了。

我们从各种评介中，得知它是多么伟大，又是多么艰深——高越而险峻，还有什么品质，更能吸引攀登者呢？我在选本中读过它的一小角，说老实话，完全不知所云，这让我更加心向往之。图书馆里有《尤利西斯》的英文原版，很难借到，不过我终于借到了。我那时的英文程度，根本不配阅读《尤利西斯》，我压根儿也没有那痴心妄想，把它借到手，只不过是想看看它是什么模样，闻闻气味，掂掂分量，在枕头下压一压（或许希冀有什么神秘的通道，能让书里的内容就近往脑子里传一点儿？），如此而已。

我的朋友圈儿里，碰巧有《尤利西斯》的第一位中文译者的儿子。在他父亲着手此书的译事后，每个假期过完，他从天津回来，我们几个人，总要打听一番，其实他知道的也不多，而他那副慢条斯理的样子呀，真是气人，我又不免担心，他父亲多半也是这个慢脾气。可不是嘛，他老人家把译作出版，是十年后的事了。

十年……我从"文学青年"，变成了一个三十岁的、受偏头痛折磨的、得过且过的家伙。尤为要紧的，是我已经停止文学阅读了，就连《尤利西斯》汉译本的出版，也是在又两三年后，偶然得知的。我在朋友的书架上，看到了这译本。此时我已经想不起当时的心情，也许心跳了一下，也许没有，多半只是礼貌地瞥了一眼，或从书架取下，握一握手，寒暄两句，又放回去。

我能不觉得自己老了吗？

且慢。我想起了大学里读过的《麦田里的守望者》。主人公满脑子想的"只是离开"，然后，"我一口气跑到大门边，然后稍停一下，喘一喘气。我的气很短，我老实告诉你说。"下面一段说抽烟和肺病的破事，接着，"嗯，等我喘过气来以后，我就奔过了第二〇四街。天冷得像在地狱里一样，我差点摔了一跤。"作者用好几行字写霍尔顿过马路时头脑中的念头。最后他总算穿过了马路，"我一到老斯宾塞家门口，就拼命按起铃来。"

我好奇的是，如果主人公在外面漫游了几年而不是几天，这书得写多长。

《麦田里的守望者》是我喜欢的小说。我喜欢现代文学的许多品质，佩服当代作家对人的精神细致入微的探究，佩服这探究所需要的勇气和观察力，同现代文学相比，古典文学离真实世界——哪怕是古典世界——实在是太远了。

但是……是啊，但是，我多么向往古典时代的康健之气。我甚至想过模仿前人的笔法，编一个记行的故事，可是呀，便是编得出来，那故事怎么看也不像是当代生活的写照，不管我用多么实际的细节填充它。

打个比方，我连个陌生人都想象不出来。哪里还有什么陌生人呢？想象能遇见的最奇奇怪怪的"陌生人"，我差不多敢保证，从他那里听到的一切新鲜东西，实际并不新鲜，他的生活细节，不过在我（这里我很想使用"我们"一词）那个木橱的某些小格子里，填上新的材料，而没有什么，令我觉得应该为其腾出新的格子，甚至新造一只橱子。

是的，新的法度，新的范式（这个词儿倒是新的，我是头一次用），太难得了。在一切皆为一切人所知（我们自以为如此）的时代，在边疆已被推至人类暂时的极限的时代，我们可以坐拥事物的样本，在实际地遇见事物之前，已经知道那是怎么一回事，而我们的旅行，从头到尾都是设计好的。我自己的旅行也是如此，在一个陌生的地方，坐在一个陌生的门廊下，看着陌生人从眼前走来走去，就是不想搭话，因为在我的感觉中，这一切都太熟悉了。这时我便沮丧地想："我老了。"

"真实的旅行故事已不可能了。"列维－斯特劳斯曾经这么写道。他解释说，我们会"把真实经验用现成的套语，既有的成见加以取代"。那么，从来就不曾有什么"真实的旅行故事"，在古典时期，更加没有。但这里的"真实"是什么意思呢，不管它是什么意思，谁又在乎是不是"真实"呢？我们要讲故事；我们要听故事。

又过了几年，我在上海的一家小书店偶又见到《尤利西斯》，我买下了。我在火车上读了一些段落，回到家中，放在一边了。刚才我想从书架上翻出它来，没有找到。便是找到，十年前我没有把它读完，现在我更读不完了。

如前所说，我"老了"，对眼皮底下的许多事，以及对描述这些事的文字，失掉了兴趣。我知道《尤利西斯》是伟大的小说，但此时此刻，那不是我需要的那种伟大。我同意，有些时候我们需要把眼睛转向自己，我们甚至可以津津有味地谈论自己，但有些时候，我还是想听故事，粗糙的故事，外邦的故事，包含新的精神法度的故事，我们的文明在其中流动不居的故事。

《十日谈》的故事是这么开始的：十个人（还有一些仆人）到山中的一所屋子里躲避瘟疫。他们讲故事……不，换一个想象，想象一群人来到某处避雨，可是，他们再也不走了，他们太喜欢这地方了，就在这里盖房子，交往，婚娶，种植……他们对自己说："雨还没停。"是啊，有些雨，确实是永远也不会停的。

八一年

　　早知文字的魔力；但在阅读陀思妥耶夫斯基之前，我不知道文字的力量有如此之大。1981 年初春的一个晚上，我躺在床上读岳麟翻译的《罪与罚》，读到拉斯柯尔尼科夫作恶后热病复发，觉得自己也发起烧来。拉斯柯尔尼科夫不停地产生幻觉，其中一个是被各种各样的人包围，"他们叹息着，争论着，互相呼喊着，一会儿把话说得很响，像在叫喊，一会儿又压低到像在窃窃私语。人一定很多，整座房子的人差不多都跑来了。"他这么写呀写呀，我读得呼吸困难，从床上跳下来，大口喘气。

我住在临街的小房间里，在一幢老式楼房的底层。窗外是垃圾通道，早上四点半钟，一位老头儿——有时带着他的妻子——准时赶来，用一柄大铁锹，在水泥通道里吱吱嘎嘎地铲。我早就不再抗议了（如果某一天他没有来，我也会在那个时刻自动醒来），有时走到外面，同他聊几句天。送走他后，睡意全无，看一会儿功课，然后到街上跑步。天或早或晚地亮了，人陆陆续续出现在街道上，世界即将还原为我们在白天熟悉的模样，这时，一个问题难免要跳到心里：这个世界，与拉斯柯尔尼科夫的彼得堡，是同一个吗？

我相信自己看待世界的方式，大约就是在 1981 年前后定型的。如同我们不能在同一时刻"全部"看见一张桌子上的什物，我们从来不能看见任何事情的"本来样子"（如果这个词有任何非形而上的意义的话）。我们得选择自己版本的世界，给它涂上颜色；我们得决定自己要在哪一个世界里生活。

1981 年发生了许多事情，诸如"决议"；胡耀邦出任中共总书记；"五讲四美"；女同学都在读琼瑶，读完后再看我们，就只有不满的眼神了。我们这些男中学生，衣着可笑，打打闹闹，没有女朋友，没有钱，一大消遣是看电影。在排队买票的时候，一个同学装出意味深长的口吻，说："这些人……他们早晚要给咱们让地方的。"他们；我们。是的，生活已展示出荒唐的、缺少意义的一方面，只不过，在这些尚未成年的人看来，那是别人的生活，而我们自己的，则注定会丰富多彩。在此两年前，从《世界文学》杂志上，我读过一篇叫《变形记》的小说，在上面批了一句："瞧这些'人'！"——这些人，而不是我。这可笑的——而且被证明为可笑的——信心，又是来自哪里呢？

　　1981 年，公共舆论中有过几次争论，如对《苦恋》的批判，对朱逢博的批评。有一件事，也许只有那时的中学生才会记得。上海的一个中学生，写了一篇作文，我依稀记得，文章把社会写得很"阴暗"，引发一场讨论，在报纸上，也在我们中间。同学 W 不满我的态度，给我写了一张很大的"纸条"。W 读过许多书，对大多数事物有成形的看法，所以不难理解他那"过来人"的口吻："你们这些小青年，还没进入社会，只是看了几本书，读了几张报纸，就觉得这也不好那也不好，好像花也不香了，水也不甜了，明天的太阳也不要出来了……"写到这里，我给 W 打电话（我们现在仍然是要好的朋友）。他说，完全不记得有这回事了。

我那时是什么态度呢？也记不得了。不过，在旧纸堆中，我找到一大叠订在一起的稿纸，首页用很大的字，大言不惭地写着"1980–1981草稿"。里边有一篇，用了十几页，喋喋不休地讲述挤公共汽车的经历。其中有一段是：

　　"我直挺挺地被夹着，如果不是或远或近的疼痛指示着，我就无法分清这交叉着的许多四肢有哪些是属于我的，我的又在何处。我没有可以持牢的地方，但这并不重要，因为我已经没有摔倒的自由了。……我承认这种状态也不无坏处。"

　　这是矫揉造作的，模仿的；不过，我辨认出一些我现在仍然拥有的秉性。我相信到了1981年，我已不再有机会摆脱文学的影响。我只能看到可叙述的世界，不管我多么努力（到今天，我足足有二十年不怎么阅读文学作品），那些文学性的残片，一条一绺地纠缠在这一世界的结构上。不过，文学多么广阔！同样是忧伤的，雨果的巴黎，狄更斯的伦敦，与陀思妥耶夫斯基的彼得堡，又是多么不同；而我绝不是个阴郁的人，相反，我对几乎所有事情心怀乐观，但为什么我不能够像巴尔扎克那样兴致勃勃，为什么不能有福楼拜那种对日常生活之细节的兴趣？很多时候，就像夏多布里昂说过的，"越是萧索的季节，越是与我共鸣"，这是怎么一回事呢？

这一年中，我又找来一些陀思妥耶夫斯基的作品，读得很起劲。我记得有《被侮辱与被损害的》《穷人》和一部中短篇小说集，似乎都是五十年代的译本（谢天谢地，那时我没有读到他的"哲学小说"，如《白痴》《卡拉马卓夫兄弟》和《群魔》）。陀思妥耶夫斯基的世界，既是悲惨的，又是令人兴奋的，而悲惨恰恰是令人兴奋的原因。他笔下的灵魂，通过煎熬来确认自身的自由，仿佛活得惬意，是有腐蚀性的事，甚至是堕落。读完他的几本书，我好像从山洞里爬出来，见到阳光，不自觉地要眯起眼睛。

我不想强调陀思妥耶夫斯基的影响，实际上，到现在我也不知道他对我有什么实际的影响。他只是一个例子，一个阅读的例子，展示阅读是如何塑造我们，而所谓理想主义者，不过是读书人的外号。我们接触世界，用这本末倒置的方式，在把脚踏入真正的河流之前，我们——我相信我描述的绝不只是我自己——满怀成见。中国古代的读书人，阅读发生得很早，不过，他们阅读的材料，或者不是文学性的，或者（如古典诗歌）只是一丝一缕的描述，他们得在若干年后，才有能力从局部演算出作者的整体观感，那时，他们自己的世界观已经形成了。而一部像《浮士德》或《爱丽丝漫游奇境记》

那样有相当大规模的文学作品，直接将另一个完整的世界想象给我们。只要愿意，我们只用几个小时，便可游览一个世界，掩卷之后，推开窗子，我们面前的，卧在阳光中的世界，仿佛并不那么原本，也不那么优先；除了现实感的损失，这种态度，还带来其他的损失了吗？

我想是的。索尔·贝娄（他是我最后一个喜欢上的作家）写过一篇《陀思妥耶夫斯基眼中的法国人》，里面说道："对于一个法国人，法国世界就是整个世界，别的样式都是不可想象的。……一个仓库保管员对我说：'你们国家，天气热得要命。'虽说他压根儿没有去过我的国家，但要想知道这一点，还是用不着离开巴黎的。"贝娄的这篇评论，对象是陀思妥耶夫斯基的《冬日所记夏天的印象》，而陀思妥耶夫斯基在文章中展示出来的品性，与贝娄挖苦的"法国人"的脾气，一模一样。是的，陀思妥耶夫斯基枉驾去了一趟欧洲，不过读过这篇札记的人都能看出，他对欧洲的看法，老早就形成了，那次旅行不过是寻找材料，证实他的先见之明而已。他对欧洲的评论，浮浅，专横，比如他写道："你在这里看到的不是人，而是意识的丧失。"真正的观察者，是写不出这样的句子的。我有点怀疑，在他的长篇小说中，对俄罗斯日常生活无数细节的很是啰嗦的描写，绝不是出于相信这些细节是值得注意的，而是相反。

去年的一次旅行，第一天遇到几个愿意同我聊天的当地人。按照出行前的计划，这正是我要的机会，但不一会儿我就厌倦了；最后一天，在一个叫天花墕的地方，一个捡瓶子的老汉邀请我去他家做客，这最后的机会，我仍然拒绝了。从第一天到最后一天，我对自己说，没什么值得打探的，同样的生活状态，同样的动机，同样的快乐和不快乐，会有什么新鲜事吗？——这种想法糟糕透了。某种经验仿佛获得了先验的地位，它的自大及对其他经验的排斥，我知道是极端有害的，却不知道如何去纠正。

1981年的高中生，是一批隐身人。我们一整天在课堂上，只有一早一晚，骑着自行车，在成年人眼下一闪而过。我们想成年，急不可待，准备接收这个世界，对于后面的事情，一无所知，也一无惧色。我们忽略的一件事是，那是阅读成风的年代，不只我们，成年人也在读书，比我们读得更多，理解得更多，我们不知道我们会变成什么样子，他们知道，他们知道我们会变成他们。

我和我的同学们，很快展现出各自的倾向，很快变成了成年人。W 先是做生意，后来离群索居，只偶尔与朋友们过往。有一次我看到他在读蒙田的书，对他说，蒙田的智慧，是你二十年前需要的，现在读他，是不是有些晚了；W 说，二十年前，便是见到蒙田，也看不下去的。

W 一直鼓励我朝文学的方向发展，这与我对自己的打算完全相反。我有些厌烦我身上的"文学气"。比如说，我把这篇文章命题为"八一年"，还有一个理由是，陀思妥耶夫斯基死在 1881 年——这种表面的搭配，似有深意在焉，其实毫无意义，而我会立刻注意到这种结构，得压抑着某种冲动，才能避免不就此说些蠢话（我终于还是把这个关节写下来了，看来无可救药）。

文学也罢，别的也罢，1981 也罢，2013 也罢，一代代青年，一点点改变的世界——我这么说，好像世界有某种实际面目似的，当然没有。让我舒心的是，也就不可能有完全合于实际的生活态度，"实际"上，最"实际"的态度，想象的成分并不比其他态度里面的少，每个人都在想象，想像的内容不同而已。

自学

二十世纪七十年代，是一只琴鸟，正身难看，尾巴意外地美丽。其中最漂亮的一株尾羽，在我看来，是末两三年的读书之风。那几年的时代英雄，不是装甲战士，不是跑车富少，而是个戴眼镜、背书包的呆子。是的，电影或小说里的一大批男主角，都是呆子，不是把头碰在很硬的地方，就是在洗衣服的时候，想着国计民生的大问题，结果把什么都洗蓝了。这些梦游的家伙，却总是交好运，他们与女主角的邂逅，通常是在公共汽车或什么广场的台阶上，开始交谈：

"喂……喂……你的书掉了。"

男主人公从深思中回过神来，笨拙地摸索一阵子，接过书，说："谢谢。"

"这书可够沉的……讲什么的呀？"

这时到了关键。男主角发表几句漫不经心而又极有洞见的评论，漫不经心表示这本高深莫测的书（通常是三角学或费尔巴哈什么的）不过是他更加深不可测的知识海洋中的一滴水，洞见表示他真的看过这本书。半小时后，女主角就在给她的手帕姐妹打电话了："我今天碰见这么一个人……"

当时的另一种新风，是听盒式录音机，听邓丽君，刘文正，还有张帝，"有人问我这样一个问题，妈妈和老婆都掉到水里"，等等。这些人穿喇叭裤，跳贴面舞，也是让人羡慕的，不过比起书呆子，风头要差一些，在电影里，他们顶多是二三号角色。他们与读书英雄的竞争，主要是在求偶场上，他们早晚会赢的，不过还得等几年，此刻，他们的喇叭裤，要输给别着钢笔的细格衬衫，他们的"蛤蟆镜"，要输给别人的"蜻蜓镜"——这个词是我编的，因为在我的印象中，好多目光炯炯的人，也去戴眼镜，越大越好，像蜻蜓的眼睛。

有个形容读书声的词叫"琅琅"。这种声音，到了早晨，和雾气一同升起，笼罩住每个公园——都是读英语的。公园里有"英语角"，据说角里的人都用英语说话，我那会儿在念初中，半大孩子，不敢往前凑，但老远瞧着，像看西洋景，很是羡慕。好多人整本整本地背英文字典，事迹上了报纸：某某女工坚持自学，背下几百页的字典，结果看懂了进口设备的说明书，替工厂节省若干元。几天后她就失势了，因为又有一位，背诵了恨不得有一万页厚的什么字典。接下来的一个，在监狱里才住了一年，就背了四本字典。这个我倒相信。

我现在出门，如果碰巧带了本书，恨不得藏起来，夹在腋下，还要设法挡住书名，不让旁人知道这是本什么书，换在七十年代末，许多人出门，一定要夹上一本书的，像咱们带上钱包一样。

玩笑归玩笑，我确实热爱那个时代；当时的人，真的爱看书。比如说，今天我听说了有什么好看的书，先得问"有没有电影啊"，如果有改编的电影，我就去看电影，不用看书了，而在1978年，越剧《红楼梦》复映，有个姑娘，一连看了六遍，她已经上报纸了，还嫌不够，又买了一套四册《红楼梦》，放在家里边哭边看。那会儿的人，就是这么怪。

一个响亮的新词，叫"自学成才"。高考虽然恢复，解额寥寥，在追求知识的风气中，绝大多数人只能靠"自学"来"成才"。这股风气传播到学校里，有点可恶，因为咱们上学，本来就是要逃避"自学"的苦难，学校最大的吸引力，就是它是个用不着"自学"的地方。结果呢，好多人都在"自学"，七月份自学八月的课程，上学期自学下学期的课程，初中生自学高中的课程，高中生自学大学的功课，大学生无可自学，有些人就自杀了。

在我们班里，不管老师讲到什么，下面总有些人，眼睛里快乐四溢，一会儿意味深长地点头，表示他是老师的解人，一会儿打个呵欠，那意思是说："天呢，非得用这么简单的东西来折磨我吗？"我的功课还是很好的，老师问了一个问题，用不了几秒钟，我就想出答案了，刚想举手，一瞧四周的手，举得跟树林子似的，我把他们这个恨呀。我擅长数学，有一回学校派我去参加"数学竞赛"，打开卷子，眼前一黑，全是初等数学之外的题目，我是一点也不会，再看前后左右的同龄人，运笔如飞，还用胖胳臂肘挡着纸，好像我知道应该抄哪些内容似的。我枯坐一个半小时，心里立下毒志，不再想做这样的人了，而要改行写文章，嘲笑他们。

我不擅长自学。是的，我的大部分知识，来自独立的阅读，不过，那不是有意去"学"的。一旦我真动了学习的心思，脑子立刻停转，本来很简单的书，也看不懂了。说起来，对某个知识系统的掌握，最好的途径，还得是在学校中。比如会计学，一个人读遍各种教材，会计入门或高等会计之类，仍会隔膜，因为没有教师的讲授、同学的切磋、适当的练习，所得的知识，始终缺少一种生动之感。当然，这只是对我以及许多像我一样的人而言，世界上确实另有一批人，擅长自我教育，能够"自学成才"。

回想起来，我曾努力自学的，多是些实用的知识。不久前听几位老兄忆旧，说到小时候装矿石收音机的事，我赶紧插嘴："我也做过。"原来，"文革"的秦火之后，家里的书烧的烧卖的卖，所剩无几，尽是些实用的书籍，《怎样学游泳》《西红柿栽培技术》之类。我对西红柿没兴趣，但发现了另一种好玩的书，是讲无线电的。大约在小学高年级的时候，我打算动手了。什么是检波器，我自然不懂，但缠线圈总是会的，我姥姥缠毛线的时候，都是让我帮她绷着。我把缠线圈当作第一项练习，缠了一会儿，满头大汗地想，为什么要做这样的苦差，为什么不利用现有的线圈呢。家里有一个坏掉的收音机，我把它拆开，朝里面瞥了一眼，立刻觉得无线电这种事，不适合我，那些五颜六色的大管子，小管子，粗管子，细管子，比我的神经还要复杂。我拆出唯一认得准的零件，一块吸铁石，拿去玩沙子，不再想什么收音机的事了。

我的工程师之梦，没有就此完结。所有男孩子，都着迷于"自动"的机械，也就是离开人力而动作的东西。我订的杂志中，有一种叫《少年科技》，我把它看了好几年，自诩深谙机械之道，便花一元钱，邮购了一个直流电动机。打开盒子，那家伙的大小和模样，都和鸡蛋差不多，尾端有两个小小的接线柱，前面露出一小截钢棍，便是主轴了；如何把这光溜溜的轴与机械相联，我一无头绪，不管怎样，我兴高采烈，立刻着手装配——先是"直升机"，从马口铁剪出叶片，拧束在轴上，接通干电池，"直升机"向旁边一歪，叶片有气无力地转了半圈，在地上磕出些尘土，就无声无息了。这是我预想到的——我固然没有聪明到能造出直升机，但也没傻到真心以为这破玩意能飞起来。

我真正想做的是一辆车，我便做了，用缝衣线的木轴当轮子，用了蜡烛段儿来润滑，然而不知为什么，我的车原地哆嗦，不肯行进。我又造了一艘船，有假烟囱和假炮位，还有舰名，是什么我忘记了——其实它就是个木盒子，以前装过药丸的。我在盒底掏出洞，把"螺旋桨"伸出去，接通电池后，它转了！转得也许不那么好，可确实在转。我邀请最要好的几位朋友，去山脚下的一个大水坑，观看首航。那天有点儿刮风，我的战舰一放到水里，就飞快地下沉，下沉，一直沉到水底。我把电动机打捞出来，带回家，做了一个小风扇。这次成功了，我便举着它，从脸上吹掉愚蠢的热气。

很多事，看书是不容易学会的。我以前谈过博物的话题，而没好意思说的，是我其实使大劲"自学"过这种知识，然而所得极微。一只鸟在空中飞过，如果我能有把握地指出它的名字，那它一定是我在小时候便熟知的；我在书中读到过那么多的鸟名，用力记忆其在插图里的样子，然而，如果没有完善的分类学知识，所见一片散沙而已，而分类学知识，恰是"纸上得来终觉浅"一类，如不辅以观察，总归茫茫。

但怎么观察呢？如果是在学校里，会有适当的标本，配合着所学，有野外的考察，教师带领着，指导着。对我来说，便只有困难了，我在野外见过许多种漂亮的、样子稀奇、鸣啼悦耳的鸟，可它们飞得那么快，没等我将其与书中所见对上号，就杳如黄鹤了。也有在枝头或地上停落的，可不等我接近，不等我看清它喙的形状，不等我数清尾翎的数目，扑楞一声逃掉了，要知道我对它们一点恶意也没有，而且吃过早饭了。

孔子说读诗可以"多识于鸟兽草本之名"，然而，只知道名字，有什么用呢？在古典诗歌中，许多鸟的名字十分美丽，令人心喜，鹡鸰、鸬鹚、鸲鹆、鸸鸪、鷫鹴……我知道它们都是鸟，可到底是什么和什么呢？挚虞有《鸤鸠赋》，若查旧注，说长得像凫，可到底是什么样呢，谢惠连有《鹔鹴赋》，若查新注，说是一种鸳鸯，可我连鸳鸯也没见过呢。

有时我怀疑，古代的诗人，也未见得了解他们笔下美丽的鸟。一写到伤感处，顺嘴就说"潇潇暮雨子规啼"，或者"声声啼血向花枝"，可这种鸟真的飞到面前，诗人果认得出吗？诗中的另一位常客，是鹧鸪，我张嘴就能念出"江晚正愁余，山深闻鹧鸪""宫女如花满春殿，只今惟有鹧鸪飞""楚客天南行渐远，山山树里鹧鸪啼"之类，可作为北方人，实不知鹧鸪是什么模样，据说它的啼声听着像"行不得也哥哥"，故古代诗人多用它来寓客游之思，可我又哪里听到过。是的，我从古画里，从讲鸟的书里，见过鹧鸪的模样，可总不大相信，这富有同情心的小鸟，难道如此平凡？我把这个心事，怀了很久，最后总算见到鹧鸪的真身了——是给盛在盘子里，烤得黄黄的，油油的，一根毛也没有，还冒着热气呢。

更好的世界

在圮坏的记忆里搜索旧事，如同在废墟里翻找泥壶的碎片。无论如何，对书的第一个印象，就在那里摆手呢。一本彩色的连环画，开本大到要用两手捧着，至于书名，可忘掉了。我记得的，是其中的一页，画着一个男孩和一个女孩，年龄比我当时也大不许多，头挨头地伏在干草上做功课。旁边有一盏油灯，正把黄灿灿的光线洒在两张纯净的脸上。那光线像温暖的被子或隐身的衣，把儿童与外界隔开；这连环画说的是战争年代的故事，在画外，想必有许多残酷的事，既然不为油灯所照见，便不存在了——本来这记忆早湮没了，几年前，看一张宗教画时，忽然想了起来，就再没忘掉。

当时我大概三四岁。也在那时，还看过一大本"文革"漫画和带插图的一种《聊斋》选本，后者中画有阴间的角色，能让一个孩子出半天的神，但要论生动，绝不及前者中凶恶的脸，刺刀和木枷，血滴和人骨。类似的图像，当时遍街都是，拼出一个成年人的世界，忽而喧嚣，忽而死寂，有时令人兴奋，有时令人害怕。作为孩子，我们要在街上玩假枪和泥巴，也要在晚上，听一个故事，或者看一张温暖的图画，我们要活在真实的世界里，也要睡向另一个世界，更好的世界。

我年轻时很喜欢狄更斯的小说（现在也喜欢，只是许多年不曾读了）。有个朋友，很嘲笑我这种趣味。我有一半同意他的看法，知道狄更斯的小说对世界修饰过重，差不多就是成人童话——又怎样？所谓文学，就是造出一个让人信服的世界（或其一角），至于它和原本世界的关系如何，不是最重要的。和生活的实际不同的，是作为读者，我们可以挑选不止一种世界，来配合自己的观点或心情（而那是经常变幻的，一个人喜欢过的书籍，是比记性更可靠的精神记录呢）。

前年故地重游，几乎找不到什么可与回忆相印证，仿佛那些年是活在雪中，而雪已化了。我得使用十分的力气，才能想象出一个孩子，被晚间隆隆的火车声扰了一下，从书本子上抬起头来。那是什么书？说不定就是《大卫·科波菲尔》，我相信，如果能找到那本旧书，在两位主人公最终成爱的一页上，还有当年的泪痕吧。更可能是《格兰特船长的儿女》，此刻闭上眼睛，还能想出书中最喜欢的一幅插图的模样，"邓肯号的帆架掠过南极桦的树枝"（EdouardRiou 给该书画的一百七十多幅图中的第二十五幅），弹跳着月光的水波，向少年标出一条通道，沿着它可以一直驶到行星之外。

现在我知道自己为什么不喜欢当代文学中的两类，一类是写实际世界有多么多么坏——是的，但我知道了；一类是写得琐碎，想把"本来的样子"还原给我们——是的，但谢谢了。我承认这两类里边，都有了不起的作品，但没有办法把这样的书读上两遍（这说的是年轻些时，至于现在，如事先知道，一遍也不看），因为（只就读过的一些而说）看到的多是磨碎的精神，匍匐的姿态，和对工具的错误选择。不是说我躲避描写苦难的小说——我是多么热爱陀思妥耶夫斯基啊，曾经读《罪与罚》读得和主人公一起发烧。在陀思妥耶夫斯基那里，辛苦是灵魂的阶梯，而不是——像在许多当代小说中那样——呻吟的材料。

更好的世界，不是更无趣的世界——也许我该说更生动的世界。最早爱看的鲁迅作品，是《起死》和《铸剑》。《起死》自然是看不懂的，但里面有骷髅，有巡警，还有奇怪的对话，可以做童话读。《铸剑》里有惊心动魄的割头，有两只头在锅里打架，还有古怪的歌，这故事在说什么，当时自然也是读不懂，但对黑色的气氛，无法不有所感。

一天一天地生活，一本一本地读书，两边的零星感受或相对较，或相掺和，有的已辨别不出原始，有的遥遥相对，我们不都是这么成长起来的吗？

书籍只是一半。小时候的晚上，多用来游戏。偶尔抬头向天，看到那种星空，就想把视线伸出去。至于现在，本来应该属于情感的，易主为理智，更何况提醒你只有一个世界的因素越来越多，其他的因素越来越少。不单是对成年人如此。

冬天的故事

　　人性美好之处，有时曲曲折折地流露在意想不到的地方。当年的"革命文学"，无不奋力捏造理想人格，或理想的生活状态，就整体而言，无一有真正的成功，只偶尔在些小地方，机缘巧合，草从石头缝里露出头来。我在本书"更好的世界"一文里，提过一本连环画中一个画面，是两个小主人公在油灯下学识字。这连环画叫《铅笔头的故事》。就故事而言，它不过是众多拙劣努力之一，但再普通的故事，讲在冬天——还需要一些巧合，特殊的场景与听众特殊的感受碰到一起，便有温暖人心之用了。

我读那连环画时大约三四岁，恰是周围世界最疯狂、最残酷的时候，虽然不懂事，那肃杀之气，还是能感受到的，从其他读物中，从成年人的表情及楼内楼外无处不在的广播声中，从涂遍墙壁的强烈色彩中。十五年后，也是在冬天，迁居到现在的城市，忽然感到某种温暖，不是因为气候，也不是因为受周围人心情的影响，——那时这城市与农村交错，我们进城时，穿过一个大集市，热热闹闹地挤着些人，买卖着各种各样的货物。那些粗俗的杂货，在那一时刻，奇怪地有温暖人心的力量，正如在莎士比亚的《冬天的故事》中，在潘狄塔正式出场之前，关于她命运的温暖消息是从小丑——她养父的儿子——嘴里，用这种方式透露出来的：

"三磅糖，五磅小葡萄干，米——我这位妹子要米做什么呢？……豆蔻仁，七枚，生姜，一两块，乌梅，四磅，再有同样多的葡萄干。"

少年时喜欢过的书，有一小部分，后来重读过，或是因为那作品重要，不得不重读，或是想验证一下自己。重读《教育诗》（磊然的译本），当是后一种目的。我在三十多岁时重读这书，有点羞愧地发现——这时候我已经不能同意马卡连柯的教育思想了——我仍然喜欢这书，特别是它的第一卷。

《教育诗》在用革命的口吻，讲革命时代的故事，事实上，作者的姿态，大大伤害了这部作品，比如对人性过于简化的理解和处理，就十分遗憾。不过——忘掉革命吧，甚至也忘掉教育，《教育诗》就是一篇关于人性的童话。书中有个细节，说的是在教养院的晚上，寝室里总有朗诵会，朗读普希金、柯罗连科，也朗读高尔基。读完《童年》和《在人间》后，学童感叹道：原来高尔基和我们是一样的人啊，真是好极了。——我对这感叹一点也不信，它太像革命创作了，太富于说明性了，我承认有那么一点点可能性，学童真这么说过，但即使如此对我也毫无说服力。

尽管充斥着这样的"革命细节"，《教育诗》，特别是第一卷，仍然是本暖和的书。马卡连柯是个好心肠的人，对人性抱有奇怪的信心，这种信心——加上那个时代的革命主题——把他的工作歪曲了两次，一次是在他观察时，一次是在他讲述时。这种趣味，通常是属于通俗文学的。但是，管它呢，就当看童话好了，就当马卡连柯是个简单、孩子气的作家。他的书中还写过："教育学里往往真会有这种奇怪的现象：四十个穿得破破烂烂、肚子半饥半饱的孩子，在一盏油灯下兴高采烈地玩着抽签游戏，只是里面没有接吻。"整

个文学史中都有另一种奇怪的现象，穿得破破烂烂、从肚子
到精神都半饥半饱的孩子们，也兴高采烈地读着与自己的生
活毫不搭界的故事呢，而且在革命时代，里面也没有接吻。

还要再提一遍陀思妥耶夫斯基，在某种意义上，他也是
个令人温暖的作家。这么说有点奇怪，因为他像任何一个严
肃的作家般，克服自己的幻想，也不怕粉碎读者的幻想，他
的世界，大多是寒冷残酷的，不过，知其为寒冷，这本身便
是温暖的起源了。他用对寒冷的有力描写，告诉我们温暖在
什么地方，何况，在叙述的中途，陀思妥耶夫斯基每常抑制
不住柔软的天性。这种放纵，如果从纯粹文学的角度看，是
失败的，但读者是多么感谢这失败呀。

斯蒂芬·茨威格，另一个我喜爱的作家，说过这么一
句话："指望世界的良心，简直就是不要命了。"原先他
可不是这么想的。他的故事，总是写不长（除了一两次例外），
因为他忍受痛苦的能力太弱了。那些故事里，他下潜到人
性的深处，刚一瞥见他不想看到的，便即上浮，顺便把主
人公拖出水来。这虽妨碍他成为更伟大的小说家，却另有
感人之处。

准备好了吗

父母有位老朋友，这里称之张先生吧。二十世纪七十年代中期，张先生把一只书箱寄存在我家。我那时找本书看是很难的，自然瞧着它眼热。那小箱子外面密密缄束，让人觉得里面定有好东西，忍了一年，终于忍不住，前去鼓捣，发现用绳子扎起之故，竟是没有锁。再也把持不住，解开麻绳，打开书箱，心里怦怦地跳，一本本翻弄。

大约一两月之后，我正在院外玩，看见张先生一步步走向我家，大惊失色，飞奔回去，连名带姓地报告："张某某来了！"张先生在后面听个正着，哈哈大笑。多年后我去沈阳探望他，他又说起此事，难免又笑一场。

张先生的书，现在我尚能记起的，一本是郭沫若的《李白与杜甫》，一本是司汤达的《红与黑》。

在比我年长十岁左右的人——也就是"知青"一代——中间，《红与黑》很流行。我有一次差点借到《红与黑》，一位大哥哥把书用报纸包着，好像那是个炸弹，刚要交给我，他的一个朋友走过来说，不要给小孩看这样的书。

从张先生那里，我读到向往已久的《红与黑》。

然后心里想，怎么会有人写这样的故事？

在我的记忆中，年轻时只有一本书，我对其厌恶的程度要超过《红与黑》，那就是几年后读到的《俊友》，莫泊桑的小说。《俊友》是我打心眼儿里憎恨的小说，它呈给我的是一个肮脏、是非颠倒、没有正义、没有慈悲的世界，里边的人或者可恶之极，或者倒霉之极，而我把它从头到尾读了一遍，也属倒霉之极——我没有重读过它，这里说的是高中时的印象。《红与黑》我也没有重读过，有时我想，再读一遍，或许另有想法吧。但又担心新的观感会同少年时的印象混杂起来，成为一团面目模糊的东西。

成年人的世界是什么样？那时从未多想。对儿童或少年来说，成年人，除了几个英雄，灰头土脸地不知在干些什么，除了提供食宿，简直一无用处。他们的世界？就算有，又会有什么趣味？我们自然也隐隐约约地知道，自己也会成年的，但差不多每个孩子，望着身边的成年人，心里想的都是，我长大了，一定不会同他们一样。

少年人当然不会觉得成年人的世界是个悲惨世界——即便是，也没关系，正可以逞英雄，拯这个救那个，我们不是被这么教导的吗？有点让人起疑的是，成年世界有可能是琐屑的，由一大堆日常事务堆积而成，至少，从福楼拜的小说看，是这样的。我从来没喜欢过这个伟大的作家，这让我有点怀疑自己在文学上的趣味——这是此刻，也就是成年后的想法了。那时不知道的，是与少年人幻想世界一样，成年人眼中的世界可以同样是不真实的，区别或在于后者多了些邪气，少了些趣味。

初读陀思妥耶夫斯基已经是念高中时。一直到现在，也是喜欢《被侮辱与被损害的》胜于《罪与罚》，为什么，却说不清。至今能想起当年在夜间阅读他的小说，读得不能呼吸，要爬起来在屋里走几圈，至今忘不了他有力的句子："这是一个可怕的故事，这个故事说的是……这是一个阴森可怖的故事，在彼得堡阴沉的天空下，在这座大城市的那些黑暗、隐蔽的陋巷里，在那令人眼花缭乱、熙熙攘攘的人世间……"

正如前面所说，这样一个世界——如果真是这样——并不会令人望而生畏，反倒有点让人跃跃欲试呢。问题是世界有可能比那更……更什么呢，那面貌在我喜欢的一些作家那里也已有所泄露。巴尔扎克的小说中，我最喜欢的一本是《高老头》。在《高老头》的结尾，拉斯蒂涅埋葬了青年人的最后一滴眼泪，热切地眺望热闹非凡的现实世界，说："现在咱们拼一下吧。"我那时虽小，也知道他绝不是要改变这世界，而是相反。

老儿童团团歌的第一句歌词便是："准备好了吗？"每个少年人，准备好成年了吗？是啊，差不多每个人，都认为自己准备好了，而预想的角色不同。实际的世界，和现在电视里的绝不一样，和过去书本里的也绝不一样——甚至与司汤达、福楼拜，甚至与更写实的当代小说家书中的世界不一样——我猜是如此吧，我又知道什么呢？当代小说家我读得如此之少，原因之一，就是他们书中的世界，与我感知的世界，近似得过分了。

文学与序言

　　1976年夏天，家家院子里都搭着"地震棚"。8月的一个中午，我进屋取一本书，书主，我的一个同学，在院外等着我归还他的宝贝。就在这时，下了一场猛烈的冰雹，我惊恐而兴奋地奔到门前，眼看"地震棚"顶的油毡纸给砸得稀烂，大小不一的雹子在院子里乱跳。同学已不知去向，我为他担心，又闪过一个邪恶的念头。

　　这本让我爱不释手的书，是《鲁滨逊漂流记》，二十世纪五十年代末重印的方原（即徐霞村）译本。

偶尔会有点后悔的，是小时候读了太多的小说，多半还是糟糕的小说。比如"革命文学"，小学期间不知看了多少本，有每年新出的应时作品；还有"十七年"间的小说，当时虽然遭禁，仍在流传；又有国外的小说，容易得见的，仍然是"革命文学"，《铁流》《牛虻》之类。肚里积了这么多"牛黄狗宝"，不知是福是殃。当然，知识还是攒起一些的，比如当年听说要迁居石家庄，想了一会儿便想起："这地方我听说过……在一本叫《战斗在滹沱河上》的小说里……"

认真说来，后悔是谈不上的。第一，那时书少，不读这些，省下的时间也无从去看别的书，多半用来爬山上树，说不定还要把脑子摔坏；第二，所谓"三人行必有我师"，不好的小说，里边也尽有可体会处。以往的经验，到底在心中留下了什么印迹，是极难索解的事，一本书对人的影响也如是，如果认为读不好的书就是不好的事，便同那些禁书者想到一起去了。

记得读过一个短篇，写大跃进时，江南什么地方，有个"中农"把苞谷藏在柜中，晚上偷偷煮来吃，少先队员起了疑心，夜晚在窗下偷听动静，终于揭露云云。许多故事都如此类，小时候读着欢欣鼓舞，成年之后，自会知道是怎么回事。

若硬要去分析，那类文学中对人的分类，那些呆板的性格，单调的叙述，那些残酷和愚蠢，那些对人性最浮浅和粗暴的解释，我似早已拒绝了，若还有印迹，也同时是许多年中的经历所遗，不得单独归咎于小说了。还有一方面的影响，是要在生活中发现戏剧化的意义，也许算个毛病，但整个文学——除了现代的一些个——传统，尽皆如此，不独"革命小说"为然了。而且，这种秉性，对日常生活虽有干扰，要我除掉它，还舍不得哩，因为它包含——或从属于——对人类的整体感觉，那则是很好的东西。

文学和其他东西不同，它再糟糕——除非是糟到极点，而那样的东西是难以流传，难以影响人的——也不会单调到像权力所希望达到的那样。理想国容不下的——在柏拉图的想象中——是诗人，而不只是好诗人；同哲学相比，文学天生就是混乱、多歧、形而下的，汇聚着复杂的经验以及对他人的想象（哪怕是糟糕的想象）。对任何完美的国度，这样东西，哪怕是在最俯首帖耳时，也多多少少地有着破坏性。实际也是如此，五十多年前最小心翼翼、最无耻地写下的小说，到了四十多年前，就被发现含有种种"反动"因素了。

我还记得，当时读的国外作品，不管哪类，多有长长的前言，由吹捧和批判组成。这些前言，对一个小读者的阅读的影响，因着书的不同性质，有所不同。除非我记得很错，对文学书，它们的影响最小，试想，前言中那些粗暴的概念，遇到狄更斯这样的好手，怎么能不丢盔卸甲呢？前面提到的《鲁滨孙漂流记》，有杨耀民写的序，我当年也是认真看过的，序言中说：

"但是他受到时代和阶级偏见的限制而拥护殖民制度和种族歧视，这却是与大资产阶级一致，是反动的。对劳动人民，他所关心的只是使他们有工作，能生产财富，这又与资本主义的要求相吻合。"

杨耀民的序其实写得很好，这类官话占的篇幅极小，不过是当时的应景文章，不如此，书是印不出来的。然而，就算通篇都是这些话，又有何用，读不数十页，不等鲁滨孙遇到风暴，每一个读者，都早把它们忘得一干二净了。

我们这一代人成长的环境，现在想来，令人不寒而栗——

那是一张由整套观念组成的网，对生活中的所有事件，无不有着最简单的解释，那是一个加工厂。但我们仍然长成了人，而非产品，因为生活，无论在其物理方面还是精神方面，都太纷乱了，世界还没有、也不会有一种观念体系，能够克服其杂乱无章。在这一方面，文学是做不到的，神学也是不能够做到。

混沌的阅读

　　现在看来，我在少年时的阅读，在任何一个方面都是混乱的。没有适当的次序，没有均衡，在这一方面超出了理解的范围，在那一方面又缺少必要的基础，到了后来，知识结构奇形怪状，补缀不及，难免捉襟见肘之窘了。在那个时代，这种情形还不少，我遇到过不少年纪相近的人，都有类似的问题。原因也都一样，读物匮乏，又没有指引。有个朋友对我说，他曾以分册本的《辞海》，作为找书的向导，我说我也是啊，有好几年里都是拿它当学史、当目录书用。而这比盲人瞎马，只是稍强而已。

若要从这混沌中捞出什么好处，或许是提前把一些问题埋在头脑中，如种子藏在干硬的土中，至于将来能不能出芽，就要看机缘了。不过这一好处，似乎敌不过另一种坏处，那就是，好比一处美景，我们若曾匆匆观览过，以后便有机会，也不很有心情再细细玩味，而多半会自大地说："我去过那里。"是的，去过了，看过了，听过了，一旦为游客，再难作乡民，而许多东西，是值得住在其中的。

卢梭的《忏悔录》，我是在初中三年级读的，读了个七荤八素，主要的印象，是他写这书时似乎在发烧，而又有奇怪的能力，让读者也陪着他发烧。至于书中到底说了什么，早忘掉了。这书值得更好的待遇，按理我应该在成年后重读的，而再也没有读过，原因有两个，一是当年阅读它的印象不愉快，二是如前所说，"我看过了"，勉强可以自满了。

另一本《忏悔录》，奥古斯丁的，第一遍阅读时，我已是二十多岁的年轻人了，然而仍然理解得很少。胡乱翻阅一通，看到最后一页，心里想的是，"总算把它看完了"，如释重负，把书扔在一边。过了十来年，不知什么缘故，偶然把它拿起来，算是读进去了，不知高低，只是隐约不安。又过了十来年，也就是几年前，第三次读这《忏悔录》，才为从前惭愧了。三复奥古斯丁的《忏悔录》，方知自己一向不求甚解，错过了多少好东西。

另一个例子，是但丁的《神曲》。高中期间，王维克的译本再版，家父买来，我也跟着读了。本就听说过它的大名，所以读得恭恭敬敬，但说实话，很多注意力，倒是放在多雷的插图上了。《神曲》的力量，无法不令人印象深刻，以后的这些年里，若有人问我《神曲》是不是伟大的作品，我一定说是，但要说为什么伟大，我又说不上来，除非是学舌别人的评论。我知道这著作的规模宏伟，但其中或明或隐的意义，极少了然。成年后又翻过几回《神曲》，没一次能读完的，若说从《神曲》中留意到了什么，不过是但丁那有力的风格和丰富的修辞（这两种还是通过译笔，肯定打了折扣），其余一团糊涂而已。

比方说，在但丁的地狱中心，地狱之王从永恒的冰中探出半截身体，三个面孔的三张嘴中各衔着一个罪人，其中一个是犹大，另两个竟是刺杀凯撒的布鲁图和卡西乌斯。布鲁图和卡西乌斯？我那时从一些普及性的小册子及莎士比亚的戏里，知道这两个人物，我不喜欢他们，但也没找到理由来恨他们——即使现在，我仍不能坚定地说，他们应当或不应

049

当做下那可怕的事。他们至少有光彩的理由，传说中布鲁图说的那句"这便是暴君的下场！永远是！"至今还铭刻在许多地方。那么，是什么给但丁如此的把握，斩钉截铁地把他们俩，同犹大一起，放在地狱中的地狱，接受惩罚中的惩罚呢？

这个问题至多是一闪而过，不论是在少年还是在以后。两年前我读到英国小说家爱德华·摩根·福斯特的《我的信念》。就是在这篇文章里，他说出那句后来很出名的话："如果我不得不在背叛祖国与背叛朋友间选择，我希望我有勇气选择前者。"他引为奥援的，正是把背叛朋友的布鲁图和卡西乌斯置在地狱最低一环的但丁。

我不能说我完全同意福斯特，我不能说他对但丁的理解符合诗人的本意，但是，但丁的处置，不管是否同他自己的遭遇和怨气相关，都把一个问题摆在我们面前：个人与国家，友谊与大义，哪种关系更深刻，在道德上更可靠，更合乎本性与人类对自己的使命呢？这是一个连孔子和西塞罗这样的圣贤都为难的问题，而世人通常过于匆忙地便回答了。写到这里，我又想把许多书重读一回——至少一回，也许能减少一些自以为是呢。

一粒粒种子

意想不到的书，偶尔会出现在意想不到的地方。有一次，在云南一个很偏僻的地方，在两三本小学教材和一本政治宣传册子中间，我看到孤零零一册万有文库本的《戴东原集》。房主人几乎不识汉字，他的儿子，也只在读中学。我问这书的来历，主人也说不清楚。这样的事是会让人浮想联翩的，我们可以闭上眼睛，想象一本书的故事，它的旅行与归宿。与人一样，书的命运，也是花样百出；与人不一样的是，书不论给抛到什么地方，它还是那书本身，不论我们读不读它，不论我们怎么解释它，我们可以把书撕碎，用火烧掉，却没办法改变它。

读高小时，有个同学，借给我一本什么民族的故事集。他可能是小小地吹过一点牛的，反正我坚信他家中还藏有有趣的书，不肯放过他，激他，求他，威胁和劝诱，不断地提醒。最后他不知从什么地方偷出一本书，借给我看。我看了，后悔了。

这本书是马克·吐温的《神秘的陌生人》，我看到的是种有插图的译本。那时我还不知道马克·吐温是什么人，见到这书漂亮的模样，欢天喜地，带回家去。现在，我对《神秘的陌生人》的印象，可以说非常浅，因为里面的情节，几乎忘光；也可以说是非常深，因为当时的阅读体验，一直不能忘怀。

《神秘的陌生人》讲的是撒旦造访一个小镇，成为主人公（一个男孩子）的朋友。这男孩子被他迷住了，又恨他的残酷，到最后，他也同意了撒旦对人类天性与风俗的戳穿，变成个悲观的小男孩。就在这时，撒旦告诉他，世界和生命，一切的一切，不过是个梦。小男孩大吃一惊，然后深以为然。

现在的我会说，这样的书，确实只适合孩子看。马克·吐温，我非常喜爱的作家，在这类问题的思考上本来就是孩子气的——他不接受宗教教义，又没受过哲学训练，得从自己的经验里，仅用自己的头脑，想一些大问题，而我们都知道，他的天才并不在此。这本书，他打了三遍草稿，也没写完，自然也没在生前出版。是不是他也觉得自己的想法幼稚呢？

中国的读者，听到前面说的故事，立刻要联想到"庄生化蝶""浮生若梦"这样的一些古代智慧，现在来看，马克·吐温的苦恼与中国古代哲人的苦恼，有相通的地方，又很不一样。然而，读《神秘的陌生人》时的我，哪里懂得这些，我对书中撒旦的法力很羡慕，对他的狠心很气愤，读完后很不舒服。至于梦啊什么的古怪说法，不能打动我，因为十来岁的孩子正玩得高兴，哪里管那么许多。

但如题目所说，这本书把一粒种子，偷偷摸摸地埋在心土下面。六七年之后，这粒讨厌的种子，拱啊拱地发芽了，成长为一个问题。每个人心里都藏有这粒种子，来自不同的播种师，在不同的人生中发芽，有的只露出一点头，有的刺破了经验的屋顶。有人把这问题藏得很好，有人对它喋喋不休。我有时觉得，一些人，甚至一些写作者，未免奇怪，因为涉及到这个问题，他们抱有一种——在我看来——轻率的态度，随随便便地找个说法，安居下来。但转念一想，他们未必不曾深思过，同我一样，只是不愿谈论而已。圣人也如此嘛，子不语怪力乱神，或如《庄子》所说，六合之外，存而不论。尽管不论，以孔子的为人，对这问题没反复思想，是很难相信的。

即使是我们现在不能完全同意或几乎完全不能同意的一些书或其中的一些主张，也未必是坏种子。比如说，"做革命人"曾是到处出现的主题，我们现在觉得它可笑，不过，把"革命"二字去掉，"做什么人"的主题仍在，我们仍要在中间填点什么。即使我们认为这个主题是把复杂的事说简单了，也难于否认，它如雾中的路牌，隐隐约约地指着什么。它也是一粒种子，有望生长为对方向的需要。

我曾为儿子挑选读物。我喜欢的，他不一定喜欢；他喜欢的，我不一定看得上。这颇令人苦恼。后来我就想开了，不论什么，只要不让心田荒着，总有些好处吧。话虽如此，我们仍要挑选。我们认为某些种子比另一些更好，我们便挑选它们，这不意味着我们永远是对的，这只意味着我们有义务传递经验，正如结种是植物的义务。只要我们不企图把他人种成单一的田地，麦地或稻田之类，只要我们不禁止别的种子进入，那么，我们喜爱的种子，自可尽情播撒。

辑

。

贰

最熟悉和最陌生的

这两千多年中,文明世界的变化是多么大,又是多么小!在与外部世界的关系上,我们有多么辉煌的成就,而在人类的内部关系上,改进又是多么的微不足道。人们一次又一次重访两千多年前的古典思想者,温习他们的问题——实际上,在人类生活最本质的方面,我经常怀疑,近两千年中提出的新问题,又有哪个的重要性,可以与两千五六百年前提出的一批问题相比呢?这真让人沮丧。也许最主要的原因是,人类社会同几千年前一样,仍然是一种权力结构,在这个背景下,个人精神的解放,仍然无法不与社会目标冲突。人类的组织方式几无改善，对人的教育一如既往地失败，折磨过前贤的困惑，一样不减地在历史中轮回，而且颜色更加阴暗。

我又怀疑的是，即便有新的处境，也未必能提出新的问题——我们的问题，不是满写在历史这张纸上的，我们得答对上一个问题，才有机会回答下一道题。

我有时候喜欢读点历史上的旧事，一大部分原因，自然是了解人类的过去，一小部分原因——我得说，这是阅读中最迷人的部分——是为了了解自己。自己的记忆，总是讨人喜欢地模糊着，我又是个不写日记的人，读点历史，其中至少有一小块，是别人为自己写下的精神记录，提醒说，你不光不是那个自以为是的好家伙，而且还欠着作业呢。

重读先秦诸子，一直拖到三十岁前后。说"重读"，有点大言不惭，因为不好算是读过。初读，应该说初次接触诸子，是在七十年代中期，"评法批儒"，小学生也要参加——现在的人也许要笑，确实可笑，正如现在的人对自己完全不了解的事也会轻易地形成判断，特别是轻易形成否定的判断。（我们在许多知识领域都是小学生，对吗？）我在那时"读"了语孟荀韩，除《论语》外，都是选本，只言片语地接触的，还有"法家"的商管孙吴，汉代的《论衡》《盐铁论》之类。这可笑的经历，使我在若干年后，一提到诸子，就以为自己"读过了"，加上读过一些西方古典哲学，对诸子的思想便有些看不起，更加拖着不读了。

"评法批儒"时的报刊文章，从诸子中选了只言片语，来赞扬或批判，又选了些故事，来配合嘲讽或鼓吹。我们这些高小生，把这种思维方式和表达方式，学了个十足十。我那时最常翻看、作为写批判稿的秘籍的，是一本叫《学习与批判》的杂志，开始是抄袭，后来已能模仿着，自己找"材料"来写，这材料，便要到诸子书里自己翻查了。到了一九七六年，给我一则小故事（比如《韩非子》中的），我便能一眼看出"要害"，写出一小段评语来，口气虽然幼稚，想法已和那些无可救药的成年人无异了。

这种训练，其实训练的是对世界、对文明、对他人的一种态度。谢天谢地，这训练并未完成，而且人性之复杂，有设计训练者之不能想象者——当然了，那些人一向自诩深知人的弱点，其实并不真正理解人性，否则，他们也不会从事那种职业了。几年后，在课本里再见孔孟的文章，感觉只是亲切，而忘掉"批判"这回事了。

并不该忘掉的。重读诸子，以及读历史上的其他记录时，自己的品性，如果机会恰当，也会在自己面前铺展开来，我们会看到，自己的心灵历程，在何种方面以及在何种意义上，与群体的历程若合符节，对个体来说独特的经历，又如何在另外的篇章中一次次重复。看到这一切，一个人即使不汗流浃背，又怎么再敢狂妄呢？

何况先秦诸子，我可以不要他们的答案，不在乎他们的问题，却不能不敬畏他们披荆斩棘的精神。读过欧洲哲学的人，很容易便将诸子与希腊哲学对看；我也曾在若干地方指摘诸子体系之不完备。但稍一想象，自应明白，诸子缺的是时间，后人有的是时间，缺的是诸子的精神。我们仍处在荆棘中，不论是在社会生活还是个人精神方面，我们习惯于等待环境的刺激，习惯于完成前人的题目，我们得过且过。

以小学生的资格批判诸子，那种品性，其实并未远去，不论是在我身上，还是在我们的时代精神中。我们将精神的历史也当作一种后来居上的知识，一旦知道纸尾的答案——那是在课堂里用几分钟就能学到的——就踞傲得不得了，这样下去，我们把题做完后，就不知所措了。

亦摇亦点头

有人说我古书读得多，实在是谬奖。古书只读过一点点，多则远谈不上，至于写些说今道古的文章，不过是觑个空子，蒙一蒙圆家，方家若是见了，准定笑倒。我们这一代人，所谓"老底子"，谁也没有，就是偶承家学的，比起除了旧书旧文一无可见的前人，相去也很远。这差距尤其是在语感上，不过今人接触的知识，远迈古人，所以只要不去写什么旧诗旧文，也没什么可遗憾的。

有这么一个问题：今天的人，为什么还要读古书？这个问题包含许多方面的意思。第一种意思，是读古书有什么用，而这里的"用"，在不同人那里，意义又各不同。我的朋友缪哲，一遇到这种提问，立刻斩钉截铁地说："没屁用。"不过他一边说没用，一边读旧书，别人听其言观其行，对他的回答，也不怎么信服，说不定还以为他在藏私，好比挖宝的，路人问他在挖什么，他一定说："废铁，废铁。"

我明白他的意思。一种用处是实际的，比如他研究艺术史，既然曰"史"，古书非读不可，就算不喜欢，捏着鼻子也得读。但提这种问题的人，通常其实际的生活与职业，并不需要读旧书，所以对曰"无用"，也有道理。还有一种，是想到古书里找人生的答案，道德的基础，甚至天地之理，万物之性，这类人，脑子往往是有一点乱的。缪哲和我一样，对国粹主义，厌恶有加，所以碰到斯人斯问，用一句"屁用没有"堵回去，心里是痛快的，亦合退进兼退之义。

要想把这个问题说清楚，先得清楚什么是"有用"。我总觉得，凡是喜欢提有用无用之类问题的人，心中的"用"，总是曲曲折折地同馒头包子（黄金屋）、性（颜如玉）和权力（千钟粟）有关，一件事，如果推导不至这三样，在他们看来，总归无用。

其实读古书，即使对职业与此毫无关涉的人来说，在各种实际的方面，也不能说没有用，世事难料，说不定一赶巧，就和馒头包子沾边了。但这种美事的机会之少，图谋的效率之低，都比读别的书更甚，不值得推荐。是啊，谁会挥汗如雨地读古书，只是冀盼十年之后没准儿碰到一位爱看聊斋的姑娘？有这工夫干点别的，两次婚都离过了。

所以说到"为什么读古书"，我更愿意从另几个方面考虑，一个方面是充实精神，另一个则与传统或个人精神活动之背景有关，第三个方面是找乐趣。不论哪个，略一张望，似可有简单的解释，现成的答案，但细细想来，义各不安。比如活在二十一世纪的我，对世界的观念系统，来自古书的，几可说是没有，看待与评论实际事物的工具，来自古书的，几乎没有，据以形成价值立场的，也不大能找得出有什么是来自古书的。然而，在观念体系之外的，像我们日常经验一样融入心灵背景的，在不可分析的地方，在理性的背面，所有那些材料，那些失去外形、隐身在情绪之中的点滴经验，实又不能忽视。

同多数同龄人一样，我对古书的接触，一直是零星的。直到大学毕业后，出于某种野心，才从先秦、从经部入手，有系统地读一点，而这计划，几年后就中辍了。

那是一个喧嚣的、生机勃勃的年代。我对时政忽然发生奇怪的兴趣，对呼朋引类本有天生的热爱，所以那几年间的白天，总是热闹和充满辩论的，但到晚上，如同潮水退去，露出本性的沙底，又对白天的言行，略有厌恶。

在这个时候，很难去阅读任何可能导致情绪激荡或头脑活跃的书，很难去读那些可以充实思考或辩论的武库的书，反倒喜欢翻开一本古书，什么也不用想地标点、记忆——不太像是阅读，因为没有相伴的某种头脑的活动，心灵好像一分为二，一半在沉默，一半在机械地做眼前的事。这种阅读的乐趣，很大程度上是纯知识性的，或者说，是收藏性的，如同一个登山者，匆忙地把山头一个个爬上爬下，然后在表格中，喜悦地画勾，为自己的积累高兴，以至于到了山巅，也不大想起看风景，而这也怪不了他，因为可看的景物，本来不多。这是值得推荐的活动，将自己的乐趣、宗旨，局限于某一边界清楚的领域之中，有点像钓鱼或下棋，用不着多想其意义，因为这类活动之意义，本来就是抑制我们对意义之不可理喻、无法满足、注定失败的追求。

有一次，有人问我，看旧书有意思吗？我想了想说，没多大意思。是的，单从阅读的趣味说，没有几本古书（语体小说除外），能够让我读得兴致勃勃，而简直就没有一本，能逗我笑出声来——自然，欢喜不是唯一，甚至不是最重要的阅读乐趣，但一大堆书摆在那儿，没一本解颐开怀的，也不像话呀。要知道，就是把全世界最无聊的二十个人集合起来，我瞧着他们，也能笑起来。这当然不是说古人就不好玩，而是古人的言行，用那样一种枯死的文字记录下来，失去了一半活跃，再施以记言记事的一本正经，另一半也没了。假如我活在古代，除了眼前的书，没见过别的，也许会觉得这些书本子有趣，但这只是因为我的趣味被局限了，没上过高山，没济过大川，到园子里看些假山假水，便高兴得要做诗。可是，我是当代的人，有幸读过些生气勃勃的著作，在被窝里掉过眼泪，在地上打过滚儿，被刺激出过前所未知的想法，瞥见过世界在两个方向上的渊峻，自无法被有限的叙述感动。

大学里的一位同学说过一句妙语："现在的书边看边摇头，古书边看边点头。"他指的是旧籍竖排，读时脑袋一点一点的。他这是反话，他是最不爱看旧书的。我看旧书，或也在点头点脑，但心里气闷时，难免用力摇一摇。古书中自有如屈赋和迁史那样的杰作，但总的说来，摇头时多，点头时少。不少人喜欢把"拿起来就读得下去"的书摆在厕所里一两本，我还没听说谁这么使用古书呢，除非他身体有什么毛病。年轻时坐火车旅行，随身带本书，挑来挑去，还是弃旧图新，后来觉得不好意思，就带两本书，一本古籍，一本其他读物，前一种就是安慰一下自己，没一次读得下去的。

绝不是说从阅读古书中没有收益。最现成的收益，是文学上的。中国古代文学，在展现人类经验方面，不够宽阔，在语言实验上，则有相当的成功。他们将一种半枯死的语言，钻研到如此程度，足令我们羞愧，因为我们这批使用当代汉语的人，有远更丰富的观察，远更深切的理解，而修辞能力却远有不如。

比这更重要的，是建立一种历史感，或经验感。我喜欢读些抽象的理论著作，然后意识到，如果没有经验基础，没有对人类事物在细节上的体会，一个人有可能多么摇摆，又多么固执。正如细碎的经验会令人迷失，概念体系亦会令人忘记初衷。中国古代著作，在当代来看，没有多少解释力量，特别是对人类的整体命运，然而一旦自人类整体而非中国的角度看去，又是珍贵的记录。古人所表达的东西，失败比成功更多，正如在未来看时，我们的成功，所表达的，未必比我们的失败所表达的为多。当代人容易欣然以为已经挣脱了古人的命运，在这时，没有比历史细节更能提醒我们的了。

我动过心思，给一两个喜欢的古人写本传记。我想过嵇康，想过屈原，想过别的几个人，而一直没敢动笔，因为我还没有能够让传主在我的想象中自主而足够圆满地活动起来。我的主张，是阅读古书以及面对古代的材料时，不要仅将它们理解为它们与我们的关系，我们还得用想象力，弥补记录的不足，克服理性的单调。古代的东西，如果视为一条有营养的鱼，捞将上来，一口吃掉，咽下鱼肉，吐出鱼刺，这是买椟还珠。我喜欢让鱼活在水中，看那鱼尾筱筱的样子，多么生动，对我们的精神是多大的补充。可惜的是，如果让鱼来写书，它们是不会写到水的，正如我们感觉不到空气的存在，我们只好猜测，推断，想象那使古代成为古代的东西，那些使古人可以理解的活动背景。遗憾的是，这是非常困难的，所以我想了几年，一个字也没有写。

书没看几本，扑通一声，从二十世纪八十年代跌入九十年代。那是愤怒和死寂的几年，那是撕扯和决定的年代。

九十年代初，我读古书比前几年更多了，有时一读几小时，全不知在看些什么，泛黄的书页仿佛空无一字，字字行行仿佛言无一物，也有的时候，能够忘情于书中，甚至有点兴致勃勃。也是在这个时候，感到有两种力量，一种将人捺入书中，一种将人拽出。我最后还是一跃而出了，然而不是自主的决定，1993 年我得了偏头痛，时轻时重地痛了十年，这十年里，我再没用功看过书，更不用说古书了。不过一点不觉得遗憾，反而有些欣慰。

头早已不疼了，但新的习惯已经养成。是的，有时还要看书，但只是看着玩，古书也如此，偶尔还从架上抽出一本翻看，稍有不耐，立刻丢开。我的记忆力变得很坏，不过另带来一种好处，以前那些阅读所得，被坏记性洗汰后，所有的材料既已模糊、沉降，反倒不那么生硬了。我开始想，也许该到写本嵇康传的时候了，可惜同时，具体的细节也忘了许多，如要写，还得重读许多东西，好不麻烦，还是算了吧。

对我来说，那些数量有限的阅读，还是有用的，一是理解事物，多了一种意义框架；二是对于所谓人类历史，知道了许多细节，而我相信，细节，特别是孤立的、遭受概念污染的程度不是很高、或有办法清洗掉这类污染的细节，是经验的最好内容。当代中国人无法不面对中国问题与人类问题的宽距，在我看来，在某些领域中，一个人很难专注于研究最先进的学术，而不受中国实际情况的牵扯，很难研究中国问题，而不觉得缺少另一种意义。我不治学，逃掉了这种两难，但有时会想，要融合两种问题，对人类活动史建立接近直观的感受，或许是办法之一，那么，随意地、不带目的地读点前人的书，也还是有用的。"孤立的细节"，似乎与"意义的框架"，以及前面提到的"使古代成为古代的东西"相冲突。假如我看见一些苹果，在空中悬着，而且上下前后地彼此照应着，我便相信有一株看不见的苹果树在那里。有时，我急切地想看到那棵树（实际上，多数时候，树总是看得见的），有时，我也喜欢孤零零的苹果，使自己有机会在想象中种自己的树。一种经历，是读了一会儿书，纳闷地想，这些事，和其他事物的联系何在呢——这种情况年轻时发生得多，且刺激着我们努力使自己的知识完整，或将各种经验变成知识，年长后发生得就少了，我现在常想，这是不无遗憾的事。

读鲁迅，长大个儿

写下标题才意识到，有十多年，不曾阅读《鲁迅全集》了。

十年前写道："十年文革，天下图书，半成劫灰。我开始胡乱看书，是在二十世纪七十年代前期，父亲的藏书原本不多，秦火过后，所遗寥寥；窜逐在穷山僻岭间，能借到的书很有限，只好有什么看什么，但凡有字在上面，连《趣味物理学》一类，都当成宝贝。鲁迅的著作，托庇于毛泽东的评价，得以幸存。但部头既大，内容又深，开始只能看小说，最喜欢的是《故事新编》。"

记忆只余些碎片，前后又窜乱，得用力回想，才能勉强映出一批沉重、黄色的书卷，与对炕席和油灯的记忆混在一起，与舒服的睡意混在一起。

我一定是走投无路了，才一次次捧起那艰深、不知所云的书，跃过许多不认识的字，挖掘有趣的内容。

最先掘出的，并不是在《故事新编》中，而是在《中国小说史略》中。那时候，我能读一点旧小说了，而《中国小说史略》中有许多我没有读过的旧小说的大段引文。有个成语叫"尝鼎一脔"——既已知味，自然对那广大的想象世界，悠然向往。

实在没书读时，一而再再而三地翻看《鲁迅全集》，从里边找故事。

《故事新编》和《朝花夕拾》便是在这时读完的，留下最早印象的，则是《奔月》《铸剑》《起死》三篇，原因不过是里边有好玩的片段——骷髅、人头和弓箭。《野草》也翻过了，令人兴奋、不安，亦如《白光》给人的印象，实际我那时对这些作品完全不懂。

读鲁迅的白话小说，已是在初中时，不知什么原因，喜欢《彷徨》多于《呐喊》，而《呐喊》中，更喜欢的是浅显亲切的几篇，如《社戏》《兔和猫》。

到了高中才把全集读完。真正喜爱鲁迅，也是从这时开始，征服我的是他那些机智的批判，不论是对事还是对人。他的杂文，我最先喜爱的是他在二十世纪二十年代后期的论战文字，尤其是《华盖集》《而已集》与《南腔北调集》中的。至于三十年代在上海的文章，则要再等几年来慢慢领会了。

大约也是在高中时，形成了对鲁迅其人的印象。他性格中最让我着迷的，是他的独立和强硬，我从他那里接受了对愚蠢和软弱的厌恶（至于对强权的情绪，不是厌恶所能形容的了）。

现在看来，在一个权力流行的世界中，鲁迅不追求权力，更不接受任何一种权力的欺凌。权力是人类的问题，而他只能在人类生活很小的一隅中来做意义模糊的实践，这种实践对他个人的意义，远高于对社会的。他有时完全明白这一点，更多的时候，按捺不住关怀之心，又去与旨趣大异于他的人结盟，被深微而细碎的伤害着，来反抗那显然而庞大的。

鲁迅的药方是个人而非社会的，他认为每个人都能够——如果愿意——有如他那样的头脑（鲁迅从不认为他的头脑是最好的，但他所代表的常识和健全的判断力，对摆脱流行的愚昧，已经足够了），各种欺诈和压迫，就不会有机会继续下去——这是此刻的形容，高中时自然只有情感上的亲切和态度上的共鸣。一直到了大学前后，才领会了《且介亭杂文》的意味。那时每个寒假都要读一遍鲁迅，加上前前后后的，十卷本的《鲁迅全集》，读了总不下十遍吧。

写这篇文章之前，犹豫要不要再读一篇《鲁迅全集》。还是罢了。我可以完全忘掉鲁迅的文章，那一个人，却是忘不了的。我曾经想象他的内心冲突。以他的才力，何尝不想为人类的精神世界填一内容，而眼前的是非，又迫使他写这些他自称为速朽的东西——他这么说时，不是在谦逊；他的命运便是如此，有托天的力气，却被派去消除牛圈。有句俗话叫"光棍眼里不揉沙子"，在受世务的牵涉上，鲁迅是任性的，不自制的，但难道不是这样的人，才讨人喜爱吗？

我知道鲁迅的一些观点在近年广受批评，我知道有人不喜欢他对一些人事的严厉——我不在乎，我不在乎他的观点是否适用于今时，不在乎他的憎恨是否伤害了别人及他自己。在我眼中，鲁迅是一个驱魔人，当他看到恶魔附在人身上时，他是不怕用鞭子抽向那人的——他以自己强壮的理智看去，人之被附体，是因为人与恶魔结了盟，自愿地充当它的使者。也许是，也许不是，但多半是吧。

枪炮与草原

前天在树林里乱钻时，想起读过的一本苏联小说。那小说的名字我早忘记了，只知道它是二十世纪七十年代"内部"印行的白皮书之一。主人公得了战争后遗症，对任何事无法产生兴趣，一个老头把他带进森林，给他一大茶缸酒精、一柄斧头，让他闭起眼睛把"药"喝下。他喝下后就砍树，砍树后就痊愈了——喝醉了酒不睡觉而砍树。我昨天在想，真是奇怪的民族。

对俄苏文学的接触，自然是始于连环画——高尔基的三部曲。不过，我用力想了一下，在记忆中又打捞出别的一些——黑眼睛……刀子……主人公死了……那是普希金的《茨冈》，单行本，有插图，后面还有他的传记，我只记得决斗，浓雾，普希金被抬回去了——我好像听见一个孩子的叹气声。还有高尔基的某集诗选，一只英雄的鹰摔死了……

当时，外国文学作品中，俄苏文学似是可以"合法"地保存的。高尔基是列宁称赞过的，果戈理有鲁迅的译本（可惜我那时完全不能看懂），至于普希金，好像也没被批判。

多年后整理对俄苏文学的印象，觉得这个民族对不幸有异乎常情的迷恋。不需提伟大的陀思妥耶夫斯基，就连契诃夫——我最早模仿过的作家——他的故事就没一个从头到尾愉快的。我得特别仔细地在里面替主人公找希望，如果找到一点，还真高兴呢。我曾以为他们没什么幽默感——不对，当年《参考消息》上总是有苏联人的政治笑话，也许，他们只是在倒霉时才想起开玩笑吧。哦，并非如此，例证之一是马卡连柯的《教育诗》。

俄苏文学，据说曾对中国现代作家有深刻影响。作为年轻的读者，我受到了什么影响呢？我越使劲想，越想不清。

那些人为地加入寓意的作品，碰到少年人，可谓明珠暗投，所以如高尔基的《母亲》、车尔尼雪夫斯基的《怎么办》、屠格涅夫的《罗亭》之类，我或者看不下去，或者不知所云。前苏联时期的文学，除了《钢铁是怎样炼成的》和《教育诗》，再无别的作品留给我深的印象，而《教育诗》是成年后重读过，《钢铁是怎样炼成的》则先看过连环画，那点印象没准儿是连环画里的。

高中时十分迷恋别林斯基，阅读莱蒙托夫、涅克拉索夫等人的作品，就是因为他的推荐。唉，别林斯基在文学上的观点，现在我同意的没几条了，不过他的热情和高尚，一直是鼓舞人的。一个人年轻时受过的影响，成年后能够洗刷干净吗？比如说，我们那一代的读者，能够摆脱战争文学、两报一刊、语录、颂诗等等等等的影响吗？像《闪闪的红星》这样的书，《朝霞》这样的杂志，会不会一直用某种办法活在我们身体里呢？

认真地回忆俄苏文学的影响，我怀疑的有一，能够确定的有三。怀疑的，是俄罗斯人对命运的理解那样独特，中国读者尤其会对它有强烈的印象；确定的是陀思妥耶夫斯基，至今仍有影响，契诃夫，曾经有过影响，以及屠格涅夫的《猎人笔记》。

《猎人笔记》！一想起这个书名，我仿佛能嗅到从书页中传出的干草味，听到狗叫声。里边的故事我几乎全忘记了，但有一篇，名字大概叫《森林与草原》，又怎么能够忘记。对自然界的热爱，那篇短文是最早的导师，里边描述的场景，同我当时身边的环境，有许多相近。寒冷天气中万物在晨曦中的复苏，朝霞和山谷里的轻雾，秋季阳光涂在草坡上的颜色，蓝得耀眼的天空，沾着露水的草叶，半卷的落叶，雪地中远处红彤彤的几片树叶……原来这些事物，果然是美的，而且如此美丽。屠格涅夫鼓励人放胆去追随自己的感觉，相信自己的眼睛，放胆去赞美一切对他而言是悦目的事物。

可惜的是，屠格涅夫后来受同时代人——特别是批评家和政治活动家——太多的影响，让自己的小说承担起不该由小说来承担的工作。我毫不反对一个作家有政治立场，不过，如何以自己的方式来表达其社会态度，永远是个难题。对一个文学家来说，文学似乎才是他"自己的方式"，但"文学"——拟人地说——决不会这么想。

读大学之后，便同俄苏文学一点点生分了，从蒲宁、爱伦堡到索尔仁尼琴，都不怎么读得进去，以后阅读愈少而至于无。所以，对这一伟大的文学传统至今保留的，仍只是少年时那些肤浅的印象。

从高玉宝到李自成

同几位年龄相近的朋友谈天，聊起小时候读过的革命小说，敢情有那么多"共同文本"，把记忆互相印证，好比对上暗号，情谊又增几分。

我记性不好，早年读过的故事，往往只记得一两件情节，一部写云南知青的小说，只记得吃芭蕉，别的全忘记了；另一部写抗战的小说，只记得吃骨灰，其余又忘了——这就得靠朋友提醒了。

我说："有个和水獭打架的……"朋友欢然道："那是《海

花》。"

我说："有个把什么很烫的东西放大腿上的……"朋友立刻道："那是《红旗谱》呀，不会连这个也忘掉……"

我说："哪一部里面有吃带壳的核桃？李克买牛出自哪里？"朋友答不出来，我得意地说："前一个是刘真《长长的流水》里的故事，后一个出自克非的《春潮急》。"

这些记忆涉及到一个理不清的问题。小时候花许多时间，读了许多革命小说，从观念到语言上，何利何弊？旧学方面，直到二十多岁才努力地打底子，一边"打"一边发牢骚："这些破玩意儿，要是小时候背诵下来，该有多好，现在哪里能够记住？"新学方面，又是二十多岁，还在记单词，不免又想："如果小时候把时间用来学外语，省多少麻烦！"

但不能不说，这些小说给童年增添了快乐。看《敌后武工队》与背英语孰乐，还用我说嘛？四书里的大义，孩子不懂，《艳阳天》的大义，孩子就懂吗？我们要看故事，有战斗有英雄的故事，没有好故事，就看不那么好的故事，我们不想背经书，坏的经书不想背，好的也不想背。

读的第一部革命小说，大概是《高玉宝》，里边有"半夜鸡叫"的故事，"我要读书"的故事，赶猪的故事，语言则和口语相近。我把这书找来了。

书一开篇就写道："……太平村的村公所里出来两个人，一个拖着文明棍，一个光着个秃脑袋。"这自然不是高明的小说，但通俗小说，难道不都是这一套？想到这儿，我有点释然：就当小时候多看了些通俗小说吧。

仅仅如此吗？当然不是。这些小说携带的观念，曾经激发的情绪，对个人来说，哪些可磨可灭，哪些深铭入骨，谁又知道呢？每一个人，在他此刻站立之处，不无骄傲："瞧，我到这里了。"但没有一个人是跳过来的。我们有各种路径，谁能说那些路径可以忽略，只因为我们到了此处呢？

我翻到了《高玉宝》"我要读书"的篇章。虽只是大略一翻，仍有情感发生——不是此刻被激发出来的，而是对当年情绪的记忆。

《高玉宝》中有些故事，虽为观念驱动，毕竟写得肯切，人性与经验，便把它们留在了滤纸的上面。当然，人性与经验，不是可以放心地依靠的，若无多种多样的——而且不能相似的——影响，怕是要如病梅，奇形怪状而不自知。我知道的一些头脑，每向其中稍一窥探，我就庆幸地想："幸亏人是会死的。"这也包括我，每一代人，不论多么自以为是，多么以自是为荣，总是要离开，顺便把观念带走很大的分量，那些观念还要存在一段时间，影响则渐小了。这难道不让人乐观吗？也未必，因为每一代人，又要经历同样的过程，如以现在论，小孩子读的东西，难道就好吗？坏处不同耳。

如果没记错，所谓革命文学，读的最后一种，是姚雪垠先生的《李自成》第一卷和第二卷，时间当在一九七七年。读第一卷时，一边爱看那些打仗的情节，一边对那些绕着弯儿讲大义的段落，颇不耐烦——虚夸的力量已不足以打动少年人了；第二卷更是如此。

"告别革命"就这么容易吗？当然不是，如果"革命文学"能写得再高明些，我大概会多读几年。可惜的是，那是无法高明的。

我记得几年以后，在大学里读到了海明威——我不喜欢，尤其不喜欢他的长篇小说，在他的小说里，我嗅到可疑的、通俗小说的气味。训练了那么多年，那是我一闻就闻得出来的味道。

文字的影响，其难以摆脱，比观念尤甚。幸运的是，那批革命小说的语言，去掉易于辨识的口号、大话之外，正经说故事所用的，虽高明的少，毕竟质朴者多，说句实话吧，比现在流行作品的平均水平，竟然要高出一些。

通俗小说

我曾经是金庸的热心读者。曾经以为，他的小说，特别是我喜欢的几部，不管什么时候，抓起来就看得下去。去年的某个时候，我忽然想起来，至少有好几年没读过他的小说了，赶紧找出一部。不到半小时，我扔下书。我读不下去。

"好呀"，我欣慰地说，"我长出息了。"想了想，又有点沮丧："也许我只是老了。"

过了几天，我见到某位曾与我有同样兴趣的朋友。我大惊小怪地告诉他，我连金庸也读不下去了。他说："我早就不读了。"我瞧瞧他，他头发已经半秃了，穿着件有条纹的运动衣，正懒洋洋地靠在椅子上，左手亲亲热热地守住自己皮带上方的肚子，仿佛那是他的宝库；他的眼神，只在扫过桌上的酒杯时，才偶尔热情流露。我想："也许第二个想法是对的……"

之所以这么想，是在我的印象中，对通俗小说的兴趣，随着年龄的增长而消减。这个说法可能没什么普遍意义，可能只出自部分的观察，可能只是人生经验的丰富，使我们的兴趣分散了，可能只是我们懒得找新的小说看，而旧的小说，又看腻了；再说，我确实知道有些年纪比我还大的人，对那些"玩意儿"，一直看到兴兴头头呢。

我记得我第一次读《水浒传》时的兴奋，第一次读《西游记》，第一次读《基督山伯爵》……第一次读《三国演义》就没那么激动了，不是因为它更少"通俗"——在我看来，与《水浒传》和《西游记》相比，《三国演义》的"文学气"更少，而"通俗气"更浓，不过它是用半文言写成的，没有那么多生动的细节，两个大将军打仗，三言两语，就死掉一个，千千万万个小学生在抗议：怎么能这么写呢？

长大以后，我们不怎么提这类小说，似乎为它们着迷，是件挺不好意思的事。

我们喜欢讲的是自己阅读《精神现象学》的辛苦，或对《呼啸山庄》的深沉感情，不喜欢讲一晚上看五本武侠小说的经历；我们喜欢假装不经意地提起自己点读《汉书》，不喜欢回忆曾经手抄《绿色尸体》，被教师捉到，罚抄红宝书。不过呀，有一次有个人——一定是喝酒喝多了——讲起小时候读《说唐演义》的事，同席的好几个人，异口同声，不但都承认热爱过那书，还把书中的好汉排名背了出来。要知道，在场的都是社会栋梁，有一个还随身带着钢笔呢。

有个著名的问题：如果您干了坏事，被放逐到孤岛上，随身只能带三本书，您会选择带什么呢？我曾想搜集对这个问题的回答，记了几个，懒病一发，就罢手了。回答自然是五花八门，但我从（有限的观察）中发现一个倾向：好多人的答案中，有一本书是他真正喜欢的，一本是他希望自己喜欢的，一本是他愿意让别人认为他喜欢的。

比如我吧，我会说，我要带本……呃……棋谱，还有带一本《约翰生传》，最后一本，我想是《儒林外史》。

这三本书里，《儒林外史》是我喜欢的；棋谱是我希望能够喜欢上的（准确地说，是希望能用它打发时间，我听说有人住了几年监狱，就变成一流棋手了）；《约翰生传》是我愿意让别人相信我喜欢的。

很多人喜欢通俗小说，然而，在我搜集到的回答中，没一本通俗小说有运气登上孤岛。

但如果问题换成，坐一天火车，打算带什么书，我相信，很多人就要提到通俗小说了。一比较我们立刻发现，通俗小说不经看。

是的，大多数通俗小说，只能读一遍，因为它是情节驱动的，知道了情节，再读未免无味。但也不都是这样啊，《水浒传》，还有金庸的《射雕英雄传》，包括我在内的很多人就读了好几遍；反过来说，托尔斯泰的伟大作品《战争与和平》，包括我在内的很多人，没有读第二遍的打算。

"通俗小说"和"文学小说"，界限有，但无法分明。"情节推动"（与性格或命运推动相对）是界限之一，这界限当然也是渐近的。

在欧洲，现代小说的形式确立之前，几乎所有小说，包括最伟大的一批作品，都是以情节为最主要推动力的。

近代小说中的那些经典作品，之所以逃过了"通俗小说"或"类型小说"的恶名，只因为作者是啰嗦鬼，不是简简单单地讲出一个曲折的故事，而记下了对社会、对人生的大量观察。

在现代小说中，有些作品也难于归类。大仲马的《基督山伯爵》，靠的是（有点夸张的）庄严感，才勉强算作"文学小说"；斯蒂文生的《金银岛》，如果没有西尔弗和他的鹦鹉，能不能在文学史中占一席之地，也要大成问题了。

咱们中国的"四大名著"，用现在的标准看，《红楼梦》肯定是"文学小说"，《三国演义》应该算通俗小说，《水浒传》和《西游记》就不那么容易归类了，这两部小说虽然"俗"气十足，但书中都有丰富的所谓"文学性"，让我们不得不对它们另眼相看。

情节推动之外，还有一个因素，是我看重的：如果一本小说总想着取悦读者，它便是"通俗小说"。

我打算从正统的"文学小说"中找个例子。

狄更斯的《大卫·科波菲尔》，是许多读者都熟悉也十分喜欢的。在小说快结尾时，男女主人公终成眷属。这是所有读者都一直使着劲希望的，也是里边的其他几个角色，特别是大卫的姨婆，一直在暗中希望的。在洒满读者快乐的泪水的一页，我们读到大卫和他的爱人把喜讯告诉姨婆时的可爱场面：

"我搂着爱格妮，走到我姨婆的椅子背后，我们两个都俯身靠在她上面。我姨婆两手一拍，从眼镜里看了一眼，立即发起歇斯底里来，我平生见到她发歇斯底里，这还是头一次，而且是仅有的一次。

"这阵歇斯底里一发作，把坡勾提叫上来了。我姨婆刚一缓和，就扑到坡勾提身上，管她叫蠢笨的老东西，用尽了全力抱坡勾提。抱完了坡勾提，又抱狄克先生（这一抱，他觉得无上荣光，但是也大为惊讶）；抱完了狄克先生，才告诉他们这是为什么。随后，我们大家都共同感到非常快活。"（张若谷译文）

我可不是说严肃的作家，就得让他笔下的角色大倒其霉，也不是说狄更斯先生在这里只想着读者的快乐，而非表达自己的快乐——他衷心喜欢这些角色，早在读者之前，就为他们流过各种泪水了。

但是，从狄更斯的写法上看，从他满心想要创造的效果上看，我不得不说，《大卫·科波菲尔》是有点曲终奏"俗"的。当然，作为读者，咱们欢迎作者在折磨咱们大半天后，哄上几句。要是全书都是这样的哄慰，那就是另一回事了。

取悦读者，未必全在情节安排上，文学小说，也经常善酬恶报，以大团圆为终局，但如果整本小说里，对读者的取悦，体现在无数细节上——主人公的手枪型号，完美地适合他的英雄气概；他骑的马，正是我们想配给他的；所有的对话，都意味深长，如同剧本里的台词；每个人的相貌，都"符合"他的"性格"，妍媸有分；我们喜爱的角色，作者不会放过巧妙赞美的机会，我们憎厌的人，作者适时暗示他的无能；连天气也恰到好处，每到情绪浓重时，就会下起大雨来——好吧，我们得说，这就是通俗小说。

走进通俗小说，就像走进一个收拾得井井有条、没有杂物的房间。我们不会像在阅读其他小说时那样磕磕绊绊，经常要纳闷："这是什么意思？老天爷，他写这个，到底是什么意思呢？"每一个场景，每一句对话，每一个角色走出的每一步，都丝丝入扣，经过作者的精心设计，我们心中的各种活动，都是我们自己已经熟悉的，舒服的，安全的。通俗小说又叫消遣小说，不是没有道理的。

是啊，多数人喜欢读通俗小说，我也喜欢。我喜欢休息，我喜欢娱乐，我喜欢自己的感觉受重视，我喜欢自己的意志得到实现，哪怕是在别人的笔下、虚幻地、重复地实现。

实际上，那些经典的、正儿八经的作家，往往令人不快，在被陀思妥耶夫斯基折磨了个把钟头之后，谁不想换换心情？"来本阿加莎·克里斯蒂吧，看看那个讨人喜爱的小胡子又出什么花样了。"我喜欢阿加莎的噱头，喜欢波洛一本正经地纠正别人说："我是比利时人。"要不，再看一遍金庸吧：

"周伯通最爱热闹起哄，见众禁军衣甲鲜明，身材魁梧，更觉有趣，晃身就要上前放对。黄蓉叫道：'快走！'周伯通瞪眼道：'怕甚么？凭这些娃娃，就能把老顽童吃了？'黄蓉急道：'靖哥哥，咱们自去玩耍。老顽童不听话，以后别理他。'扬鞭赶着大车向西急驰，郭靖随后跟去。周伯通怕他们撇下了他到甚么好地方去玩，当下也不理会禁军，叫嚷着赶去。众禁军只道是些不识事的乡人，住足不追，哈哈大笑。"

我想，我用手抚过家里那只花猫的脊背，它有多舒服，阅读这样的文字，我就有多舒服，我简直也想呜噜呜噜地叫几声。

我很难想象一个人总是在阅读那些严肃得不得了的书籍，纵然，从一本高明的小说中，我们能够了解丰富的人性，在我们熟悉或不熟悉的环境中，是如何——同我们自己很不相同——思想和行动的，我们被引入他人的内心，我们在黑暗中看见光亮，在光明中看见阴影——这些都很好，但也确实令人疲劳。读书不是进学堂，再说，就算学堂还有课间的休息呢。

不过同时，我也有点后怕，假如我从小到大，对小说的阅读，只限于那些讨人喜爱的作品，我对世界的印象，又该多么奇怪。

是的，我会用实际的经验，来修正那些从书中得来的印象，但是要说一点儿也不受这类通俗小说的影响，不会倾向于将他人理解为动机简单的，道德鲜明的，对象性的，固定反应的，倾向于将世界理解为背景性的，顺从意志的，意义显豁的，井然有序的——那可不见得。

幸好，我有很多年不怎么读通俗小说了。我把省下来的时间，用来看电影——看最简单、好玩、刺激的电影——战争片、动作片、恐怖片或者幻想片之类。

物理书里的文学

我开始读一点书的时候，僻处乡野，又接秦火，余烬中得书极为不易。家中存书，本已无几，我看书又不知爱惜，不是随手掷放，便是翻得破头烂尾。所以那时的书，能留到现在，没有几种了。其中一本，是《趣味物理学续编》，俄罗斯人别莱利曼的著作，二十世纪五十年代的译本。这几年，我在一些人的回忆文字中，见提过这书，才知它在中国曾很流行，小时候却不知，据为秘本，颇以拥有此书为幸，也一直保存下来。前几年，儿子快上初中时，我把这书隆重地介绍给他，作为学物理的前导。他看了，但也不怎么重视——

现在类似的书，多而易得，这书就没什么特别的了。

当年喜欢《趣味物理学续编》，一半是因书中的物理知识；今天要说的是另一半，其中的文学。这本书引述了许多文学作品里的故事，如爱伦坡的小说，克雷洛夫的寓言，尤其是凡尔纳的幻想小说。这些书，我当时一本也没看过，在《趣味物理学续编》里瞥见芳面的一角，怦然心动：原来这世上还有那么多好玩的书！

据说读书的门径，选本最有用。小时候也看过些选本，如一种小开本四册的古诗选，《中华活页文选》《古文观止》等，但从来不曾因这些选本，对全豹发生特别的兴趣。大概是选本中的文章，一出场便正装正色，令人难以亲近，小孩子心里会想，好了，我知道你们都是有来头的，都很了不起，都应该记住……现在我可以出去玩了吗？选本中的角色，如动物园的鹰兔，标牌清楚，却是少了活气，而《趣味物理学续编》中的一些段落，读时如在山林中遇见野兽，一掠而过，只见一点头尾，更令人兴奋。与此有同功的，是小时候读鲁迅的《汉文学史纲要》和《中国小说史略》，特别是后一种，里边引了大段的好玩篇章，大多是我没看过的，当时便立下志向，长大后，少不得要把这些小说找来，一本本读过。

　　人为什么要看书？这个问题太大。我只知道，小时读书就是周游世界。小学时期，住在深山里，如在井中，书籍便是爬出这井的阶梯了。当然我所指的，不是将身子爬出来，是将精神爬出去。从书里，你不仅可以知道有广大的地理或物理世界（这一点似乎现在从电视里也可以得知），还可以知道有深邃的精神世界（这点似乎不容易从电视里发现）；你知道，如果可能的话，一个人不仅可以走得多么远，还知道如果愿意的话，可以想得多么多；你知道，一个人可以用大千世界纷繁奇妙的细节充满自己的生活，也可以块然独立于自己的默想之上。是的，书中的都是他人的经验，但在孩童活泼的想象中，两种经验原不易分别。小孩子的心灵，初无门窗之设，若仅从日常生活而来，每建一扇门，就又筑了些新墙，大约到十来岁时，四周围得差不多了。好在要开新的门窗，也很容易，不像我们如今这种年纪，门窗不是锈死，就是自己把它关闭了，仅留一二，还是用于向外倒垃圾，放进来的就很少了。

　　第三种辟门之书，是分册本《辞海》。这一套书，我家中并不全，印象深的，是《历史》《文学》《哲学》三种分册，其中对我帮助最大的，是《哲学》分册。《历史》分册，不过是让我多知道了些人名和事件，《文学》分册中介绍的书，便无它，我也会陆续读到的，而初中时去图书馆找哲学方面的书看，全仗《哲学》分册的导引，虽然找来后也看不大懂，却觉别有一番好玩。要知道，那时手中介绍哲学的书，我现在能想起的，只有一本艾思奇的著作，一本苏联官修的哲学简史，一本形式逻辑入门，都不是什么讨孩子喜欢的书。若无这本分册激起的兴趣，我大概将永远隔膜于人类顶有意思的一套想法了。

《趣味物理学续编》里引到的书，能找到的，后来陆续找来看了，果然不曾让我失望；《中国小说史略》里引到的旧小说，也都读过了，令人失望的多，不过好玩的也有好几种。要点在于，有些书，要读得早，一旦读迟了，机会便已错过，如小不点儿时读《说唐》，兴高采烈，这种书如现在才读到，大概翻不了几页，便嗤笑一声，扔到一边。所谓错过，是错过了享受的机会，有些书虽谈不上好，谈不上有益，但假以适当的时地，足能令人愉快。这样看来，我错过的享受，真是太多了。

鸟兽草木之名

在知识方面，我一直以为遗憾的，是缺少博物学的训练。小时候读欧洲小说，见到许多作家，特别是在林奈和达尔文之间这一时期的作家，拥有，且喜欢显耀自己对动植物和矿物的知识，颇觉羡慕。当他们写到一面山坡，不像我这样只会使用"绿草如茵"之类的词，他们常说出各种草木的名字，指出是哪几种甚至几十种树木，组成了眼前的林地。

我不只一次想拥有这种本领，然而疏懒成性，只是想想而已。

和许多人一样，我自以为对动物的知识足够丰富。然而这是错觉。我知道一大批动物的名字，对分类也略有所闻，那杂七杂八的阅读，来自纪录片。但能说出雀鳝或柳莺的名字，不等于真的认识它们，等看到一群杂色的动物从头顶或水面下掠过，便结舌了。稍可靠一点的，是在动物园的见识，可惜那些品种，离开了动物园，便鲜有机会遭遇；真正熟悉的，是我们身边的动物，家畜和宠物，燕子和守宫，诸如此类，但谁不熟悉它们呢？想来想去，唯一足以自傲的，只是我能从很远的地方发现几种我最恐惧的动物——蜘蛛、蚰蜒、蜈蚣等（我很不正确地归类为"有很多只脚的"），以便早早逃开。

在植物方面，我的入门书，说来有点可笑，是一本《常见中草药手册》。在二十世纪五十年代，它非常流行，几乎家有一册。这本书给包在绿色的塑料封皮里，体积近似同样流行的《新华字典》，里面的插图，有些是彩色的，在当时也觉得很好看了。我把这本小书翻得快破烂了，不过，很难说我从里面学到了什么，因为直到现在，我"知道"的草药名字，可能近千，到了药铺，不看标签能叫出名字的，不过数十。正像从古代文学中得知无数种动物和草木的名字，而其到底是什么东西，心里一团糊涂。古人对草木鱼虫的疏证和图谱，讲名物的杂著，陆续读过一些，竟无帮助，大约不见实物，总是隔膜。去年我想起这心事，跑到植物园，研究树上的标签，以为有了一点心得，第二个月再去温习，已又不识得了。人到此时，记性已坏，机会错过了。

大前年，回到曾居住有年的一个山区，爬上山坡，心里高兴，因为发现这里的植物，很多仍能叫上名字，或便忘了名字，仍然"识得"，如同想不起一个旧相识的名字，仍能记得他过去的脾气、相貌，一两个故事，其尤熟悉的，从背影或声音就辨得出来。在这个山坡上，我能记起哪种草是可以吃的，哪种叶缘是割人的，哪种开的花是蓝色的，虽然此时它并未开花。但我怀疑，同样一批植物，易地以置，我就又会不认得了，因为在华北山区，我识得的植物意外得少，而两地的植物群差异本不很大。

现在，偶尔读些讲植物的书，看那些图，但已没有什么雄心，只是拿来帮助一下想象，想象一下那些没有机会结识的生物。我也明白，不知道玫瑰的名字，并不妨碍欣赏花香，但对实际世界的实际兴趣，是不能拿这种理由遮挡的。

回想先人，从孔子的多识草木鸟兽之名，到《诗经》及《楚辞》里丰富的名物，那时候的人对自然界的兴趣，与西奥弗拉斯特的，性质固有不同，却也差不多浓厚。确实，如果你真想结识什么人，会不想知道他的名字吗？天文学家给那些不起眼的天体——起上名字，不只是为了标记的方便，还代表人的一种气魄，让万物在理性中各得其所。我们与自然界的关系，是个顶迷人的题目，特别是非想象的关系，既非哲学也非科学的实际关系，虽然不那么（与前两种关系比）为人瞧得起，却是经验中十分美丽的一部分。

现在的大学里，如果有博物学这门课程，我一定要去听一听。但没有。今年我有一个计划，要到外面走几个月，在各种预备中，有几本和我要去的地方相关的植物图谱。我打算见到什么，就和书上的形容对照，不知能否长点见识。我不是很自信，我想起我就读过的那所大学，栽有千百种稀奇植物，我在校园里晃了四年，竟只多认识了一样，银杏树。错过的事情太多了，要恢复与实际世界的实际联系，谈何容易，读书自然可为小补，然而只是在想象中。

梭罗的啰唆

对一本书的态度，有时会相当复杂。我不仅一次向人推荐亨利·大卫·梭罗的《瓦尔登湖》，可是我自己，对它就有点望而生畏。有一年长途旅行，打算带上几本适合此行的书，我将《瓦尔登湖》放在行囊里，又取出来，折腾几次，最后还是抛下了，我对自己说："这书适合在监狱里看，可我是出去玩呀。"

我问自己，是真的喜欢《瓦尔登湖》，还只是喜欢这种喜欢？《瓦尔登湖》对应于我本来的品性，还是对应于我认为自己应有的品性？我向人推荐《瓦尔登湖》，有多少是因为相信这书对人有好处，又有多少是暗地里觉得这推荐本身是对我有好处的事？想来想去，我还是认为，《瓦尔登湖》中有我不喜欢的成分，然而，也有我非常喜欢的内容。因为后者，我向人推荐它，因为前者，这推荐又带点捉弄人的意味。

在实用的方面之外，自然界对人类来说，到底意味着什么？这是个令人晕眩的问题，没人能够指望凭一己之力接近这个问题的核心；如将那核心比作迷宫的深处，我甚至认为，历千万年之探索，我们仍在迷宫的外圈徘徊，根据之一是，我们早就看到"美"这个路标，却不知道它指向什么地方。

自然界的美丽令人神往，又可以令人烦躁，像我这样的急脾气人，可能会比天性温和的人，领会到后者的机会更多一点。我十分佩服梭罗的一点，是他在记录观察到的意象时，如此细致和富有诗意，如《倍克山庄》的第一段，又如《湖》中对湖水颜色的记述：

"在这种时候，泛舟湖上，四处眺望倒影，我发现了一种无可比拟、不能描述的淡蓝色，像浸水的或变色的丝绸，还像青锋宝剑，比之天空还更接近天蓝色，它和那波光的另一面原来的深绿色轮番地闪现，那深绿色与之相比便似乎很混沌了。这是一个玻璃似的带绿色的蓝色，照我所能记忆的，它仿佛是冬天里，日落之前，西方乌云中露出的一角晴天。"（徐迟译文，后同。此处"青锋宝剑"的原文是sword blades，剑刃。）

我多次试图像梭罗，像许多古典作者（包括我国的古代诗人）那样，忘我地观察和记录眼前事物的细节，然而发现，真正忘我之时，人在出神，并不能一样一样地注意到什么，也不能记住什么，等到仔细观察时，又多少有勉强自己的成分了。我想这是气质的差异使然，也许我天生就不会"自然地"看待自然。有一次我长时间注视云团舞蹈般的追逐，用了一千来字，把所见写在旅行日记中，半个月后重读时，我沮丧地想，这是什么意思呢？它的意义在哪里？那是不太"自然"的观察和描述，实际上，就在我盯着云团看时，心里已在遣词造句了，已在琢磨如何将眼前的事物戏剧化。

我甚至不能安慰自己说这是在记录事物的本来面目，因为没办法不立刻意识到，自然界，是不存在什么可以看到的"本来面目"的，它的此一面目和彼一面目，无大分别，有的富于启示，有的艰深难解，但与"本来"与否无关。不过，在

104

精神的倒影之外，自然物毕竟是自然物，时多时少，总能呈现出属于它自己的、令我们意外的东西。梭罗在另一部著作《在康科德和梅里马克河上一周》中，说，"康科德镇是供人的身体和灵魂进出的港口。"读到这一句时，我出了好半天的神，离开作者的原意，想到经历过的几个时刻，自然界确有破立之功，如在狭窄的水道，心灵必须改变原来的形状，方能通过。

梭罗对待社会的强硬态度，是否不那么恰当地延伸到他对待自然的态度，以至于他的心灵出入自然之港时，宁可去拓宽航道，也不愿修正自己？有时我这么想，有时又不这么想。《瓦尔登湖》中，我最喜欢的，还不是如前面引述的那种凝神于自然界的描述，而是忘掉自然与人工之别，给人类的活动及其痕迹以与自然物同样待遇的一些记录，如《声》中对火车的描述。《瓦尔登湖》要是只有这两类记述，便是本完美的书，然而可惜，梭罗的湖和森林，是个战场。

初次阅读《瓦尔登湖》时，我的年龄大约是现在的一半。那时不愿也不敢腹诽梭罗的啰唆，只怨自己的趣味不够好。每读一小会儿，就要计算页数，好比疲惫的登山人，喘着气瞻望山顶，不能决定从山崖纵身跳下是不是更好的出路。终于读完时，是多么的如释重负啊，恨不得立刻有个人出现在我对面，好让我把这杰作介绍给他。

　　尽管读得辛苦，二十多年前，我对《瓦尔登湖》敬爱有加。书中那些对社会的批判，虽然啰唆之极，却合乎一个反叛的年轻人的所有胃口。前几天重读时，我发现自己的意见与当年有很大不同了。举个例子，梭罗说"最快的旅行是步行"，二十多年前我用铅笔把这句话勾出，大概是赞赏之意，现在，对这类似是而非的警句，我只会摇头了。

　　我用与以前完全不同的眼神，阅读梭罗的某一类见解。他对日常生活的态度，是相当严厉的，"夜来人们总是驯服地从隔壁的田地或街上，回到家里，他们的家里响着平凡的回音，他们的生命，消蚀于忧愁，因为他们一再呼吸着自己吐出的呼吸。"虽然不无道理，但谁能免于此呢？用来抵抗平庸的精力，难道是无穷的吗？光是批评人们用在衣着上的心思太多，梭罗就写了五六页，他批评建筑，批评大学，批评一切新技术。在他看来，人们急急忙忙地架电报线，是仿佛说得快比说得有理智更重要，在大西洋底下设隧道，传递的不过是无聊的闲谈；有没有邮局无所谓，因为没有多少消息重要到值得邮寄，报纸也没什么用，因为"我从来没从报纸上读到什么值得纪念的新闻"。

梭罗对文明的态度，很容易令我们想起中国古代的某种哲学。如在梭罗看来，"我们只要住在家里，管我们的私事，谁还需要铁路呢？"他不锁门，声称"我的房屋比由士兵把守着更让令人尊敬"；离家半个月，丢了一本荷马，便说"如果所有的人和我生活得一样简单，偷窃和抢劫便不会发生了"。他说，人们可以花一元钱买个大木箱，住在里面，而我们为了取暖付出的绝大多数辛苦是没必要的，因为一个人如果是哲学家，自然有高明的暖身办法。

　　最有意思的，是他对农业的各种不屑。在他看来，给田地除草是违反自然的，杂草的种子有权生长，而且又是鸟雀的粮食，所以我们倒应该为杂草的繁茂高兴。当然，农夫梭罗也除草，他还吃自己种出的豆子，然而只是要"了解豆子"，这可怜的豆子，"不是有一部分是为了土拨鼠生长的吗？"

　　农民的收成，是对草地的劫掠，在美丽的湖边耕作，是糟蹋湖岸，因为农夫"只想到金钱的价值，他的存在就诅咒了全部的湖岸"。"在他的田园里，没有一样东西是自由地生长的，他的田里没有生长五谷，他的牧场上没有开花，他的果树上也没有结果，都只生长了金钱。"最后，梭罗干脆盼望乌鸦把最后一粒玉米种子带回到印第安人的田里，让原始的自然恢复统治，谷物死亡，农业消逝。

爱默生曾十分恼火于梭罗论证自己立场的方式，那基本上是由重复与断言组成的，他喜欢的句式之一是，"不是人在牧牛，而是牛在牧人"，"我们没有乘坐铁路，铁路倒乘坐了我们"，——现在，我已经过了喜欢这种表达的年纪，我投向《瓦尔登湖》的目光，变成挑剔的了，特别是看到他说"愚昧和大智之间没有什么区别"，"一个老实人除了十指之外，便用不着更大的数字了"，看到他认为发现尼罗河源、探险南海之类的地理活动，同人类的进步没多大关系，不如把力量用来探索内心。是的，内心是需要探索的，但放弃对物理世界——也就是自然界——的探索，等于放弃回答终极问题的一半机会，他为什么会有这样的建议呢？梭罗说过这么一句话："如果你掌握了原则，何必去关心那亿万的例证及其应用呢？"在我看来，这是十分危险的话。

我悻悻地想，梭罗为什么要在《瓦尔登湖》中加入——其中大部分是他后来从日记或未发表的随笔中摘入的——这些议论呢？如果没有它们，《瓦尔登湖》会是一本多么可爱的书。他的个性，他的观察，他的实验性的生活方式，本来是多么美好，一旦被他塑成投向社会的石头，又多么让人惋惜。他从湖畔的小屋，喋喋不休地攻击世人的平庸，又是天才的多大浪费，——我还没有征引那篇《更高的规律》中的文字呢，我不忍征引。

许多人——包括我——犯过的一个错误，是将自然同社会相对照。是的，我认为这是个错误。从古代诗人到当代的旅行者，一说到"自然"，先想到的是人迹稀少的森林、草原和山峦，那同拥挤的人类社会，仿佛是两极，而山林的美丽，便在这种想法中，验证着社会的失败了。现在我不这么想了，现在我认为与自然相对的，是我们的内心，至于社会组织的状况，好也罢坏也罢，自然既不提供进步的线索，也不提供出逃的路径。自然绝不是对文明的否定。

对自己的离群索居，梭罗相当得意。他曾不无夸耀地告诉读者他用的一把斧子有多粗钝，又说，"最接近我的邻居在一英里外……大体说来，我生活的地方，寂寞得和生活在大草原上一样，在这里离新英格兰也像离亚洲和非洲一样遥远。"未必有那么远吧，便是远离他人，难道便接近自然了吗？我不这样认为，我认为离社会的距离，与离自然的距离，完全是不相干的事。

他在另一本书里写道："村子的嘈杂声逐渐消退，我们似乎开始在梦的平静水流中航行，默默地从过去飘向未来。"每次旅行，我都恨不得有这样的开端，也似乎有过这样的开端，然而，不久之后，这种想象便被粉碎。自然界不管是什么，一定不是我们为了解决自己的事务创造出来的假象，便是梭罗，也只是将他的社会，挪了挪地方而已。就连他在描写自然时，使用的许多词汇也曾是形容人间事务的，"在任何大自然的事务中，都能找出最甜蜜温柔，最天真和鼓舞人的伴侣"，"每一支小小松针都富于同情心地胀大起来，成了我的朋友。"

美好的梭罗，啰唆的梭罗。现在我不用像年轻时那样胆怯，现在我读到火冒三丈时，可以跳到地上，大叫几声"可恶"，再接着阅读。但剔掉那些啰唆后，我更加喜欢梭罗了。他的实验，现在看来，也是无比珍贵的。借用克雷洛夫的一个著名寓言，正因为天鹅要上天，龙虾要向后退，梭鱼要下河，人类才在进步——压根不存在一种独自正确的力量，没有要下河的梭罗这样的人，我们的处境要远比现在糟糕。梭罗是片面的，然而他又是对的，正如你的生活与我的不一样，我的哲学与你相反，然而你是对的，我也是对的，我的对，是因为有你这样与我不同的人，反之亦然。

事物与描述

托马斯·曼宁不仅是第一个来到拉萨的英国人，还可能是写过西藏游记的外国人当中最有文学修养的一位。我最早是从兰姆的书信中知道这个人的。我喜欢兰姆，对他的朋友自然也有兴趣，可想而知，发现曼宁的游记后，我是怀着一种怎样的热情来阅读。结果有些失望，曼宁的记行（是在他死后出版的）是一大篇流水账，对事物缺少热情，观察粗糙，其中最生动的部分，倒是他那些没完没了的牢骚话。

但他确实在努力记录自己的见闻，比如他向我们描述了两百年前的江孜宗堡：

"江孜是一个大镇，它的一半坐落在山坡上，一半在山脚下。远看上去，它的外表很壮观，但当走近它时，漂亮的白色石头砌成的房子变成了脏兮兮的白墙，窗子看上去就是一个个洞。城里到处是水流，看来当地人不知道怎样排除路面的积水。这里看不到任何绿色叶片，但城周围有一些玉米地和一些树，我想，若在夏天，这肯定是一幅令人愉快的景色。与我已经见过的西藏的其他地方一样，江孜看上去是一片小旷野，四周为绵延的高山所环绕，没有明显的出路。这种大山，无论在江孜，还是在其他地方，从山脚到山顶绝对可以称得上是不毛之地，如同两大山之间的山谷的大部分地方一样荒凉。"（张皓等译文）

江孜宗堡确实是个过目难忘的所在，在我阅读过的藏地行记中，凡是去过那里的作者，没有不形容一番的。

又过了一百年，荣赫鹏侵藏，随军记者中有一位路透社的亨利·纽曼，他是这么描写江孜的：

"江孜平原位于四条河谷的交叉点，这几条河谷相互几乎形成直角。在东北部一角，隆起两个巨大的沙石山脊。宗堡建在其中的一个山脊上，另一个山脊上是那座寺院……在冷冰冰的高山，'七座寺院'的墙都褪成了白色，映入人们的眼帘，使人产生不寒而栗之感。其中有些寺院位于几乎无法攀登的悬崖峭壁之上，它们居高临下，严厉地俯视着下面一片热气腾腾的繁荣景象。"（尹建新等译文）

纽曼与曼宁都注意到了江孜宗堡的肃杀之气，我想，一百年或两百年前，那一带当比现在荒凉一些，而这两位作者的身份，与我们这些普通的行者或游客不大一样，而一件事物在人们的情绪上引起的反应，有一半来自当事人自己的心理基础。

我在十几年前去过那里，我得说，曼宁或纽曼的描述，与我的印象有吻合之外，也有完全不同之处。我去的时候，宗山下面已有房屋和商贩，游客四处走动，端起姿势拍照，很多只狗懒洋洋地躺在地上歇闲，对身边的行人以及高视阔步的母鸡不屑一顾。在这样的环境里，居高临下的古堡，不大能带来威胁感，事实上，离远一些看时，宗堡给人的强烈印象，到了近处，就被冲淡了。

同一件自然物，在不同的观察者那里，激起的反应是不同的（但不会是完全不同的）；古人有所谓"卧游"之说，最早的宗炳，是把自己画的山水挂在室内看，这更像是一种回忆了。后来读他人的游记，也叫卧游。以世界之大，以我去过的地方之少，卧游便成为我的一大消遣方式。但总忘记提醒自己的是，他人的印象，是他人的，欣赏他人的描述，相信进而努力感受他人的印象，与自己直接发生的感受，完全不是一回事。

但是，自己的感受，与自己对感受的记录，也不是一种东西。语言或文字的本性，便是如此。不论是在心里，还是用笔写下来，我们一旦开始整理印象，向自己或向他人描述感受，一些东西便沉了下去，而另一些东西，并非属于发生感受那一瞬间的，且受制于一个人的"文化态度"的，浮了上来。每一个人都是作者，每一个作者都在竭力传达自己的感受，都想方设法让他人心中发生自己曾发生的事件，虽然没有人能够完全做到，但实现的程度，还是很不相同的，而这种差异，对写作者的命运来说，是至关重要的。

十几年前在拉萨，上午无事，便去附近的书店，那时行囊羞涩，买本书也要斟酌再三，所以多只是站着读读。有几次，读了一会儿，抬起头来，看见城外的根培乌孜山，就有些丧气——阅读似乎并没有拉近我与事物的距离。书本与实际对象之间的对比，令人废然。出发之前，我准备了一个很大的本子，打算写些记录；然而三个月里，只动过几次笔，零零碎碎地写了几千字。如此的原因，一是懒，二是不管怎样努力，一下笔便觉矫情，写出来的东西，与心中真实的感受相比，走了模样。越是想传递自己的感受，所得越是拙劣。我想，如能做到只写给自己看，就会自然许多，但这真是很难做到。只给自己看的文字，大概会像鲁迅日记那样，粗略的流水账，因为如果详细向自己形容某些事物和某种感受，则又是将自我拟为外在的读者，那文字又不像是写给自己的了。

在西藏有过几回特殊的感受，其中的两三次，过后有所形容。有一段是这样的：

"我们是在晚上驶入拉萨的。大约在八点和八点半之间，在从墨竹工卡到拉孜的路段上，我一直从前窗注视最远处的那座山脉。它没有什么特别之处，但天空的余晖正在它身后消失，这使它从背景中凸出，似乎悬浮起来；周围的山脉整齐地排列着，汽车绕过许多山尾，像穿过许多扇门，然而一直没能驶近它。巨大的云团静止在那山的上方，云团的下缘与最高的一处峰顶相接，此时天色已经昏黑，两侧的山脉形体模糊，像是俯卧下去了，一个朝圣者在这个时候，也许要屏住呼吸，等待什么发生吧。"

如果我全然忘记了当时的感受，这段记录或许能骗过我，但我还记得呀，我还能回忆起那时心里发生的震动，所以对自己的记录很不满意。我觉得前几句很笨拙，我觉得"朝圣者"是容易造成误会的词（我虽然不是彻底的无神论者，却一点儿"宗教情怀"也没有），而最关键的是，当时虽然没有愚笨到去直接描述心里的感受，那种侧面的暗示仍然不能算是成功，这种手法虽然狡猾一些，却缺少勇气，它记录了一点，回避了更多。

第二次记录是在日喀则到亚东的途中，从一个叫嘎拉的村子折而向西，向岗巴的方向，有一条半荒废的岔路。那是一段悲惨的行程，连着两个晚上我们都缩在汽车的座位上过夜，不过很值得，因为见到了一些美丽的东西。

"车过岗巴，我以为这段行程已经结束了，但半小时后，大约在七点半到八点多之间，我见到了另一种动人的景象。在邻近中锡边境的巨大山脉中，公路修建在高高的山脊上。俯视一排排的峰峦滚滚东来，像海面上的波涛一样。西方的天空蓝得透明，一些云块悬浮在那里，被落日照得发亮，每当汽车爬上坡顶时，直似要开到那里面去，因为在这一瞬间，面前一片空廓，天空像折曲的手掌一样裹着我们。在海上航行时，也能见到类似的景象，但地平线总是那么远，曲率很小，而在我刚刚形容的那一瞬间，地平线似乎就在前面一米远的地方，而弧形的坡顶造成这样一种错觉：我像是在地球仪上旅行。"

我得老实承认，我觉得这一段比上段引文要好一些。不过，它仍然没有直接描写内心的感受。那是我现在也做不到的，因为当时的感受甚至不能用复杂来形容，那是一种充盈感，既纷至沓来又浑为一体，如果力图形容它，就得去分析，辨识，拆得乱七八糟。不过我们经常不得不这么做，我们需要与他人分享经验，何况分析自己的感受，是整理内心的途径，有时会破坏原本的印象，却总能增加自己的一种知识性的认识，此即所谓失之东隅，收之桑榆。

扯这些，甚至不嫌拿自己的破烂文字为例，是想起，有那么多好书，阅读是如此的愉快，使读书人总有一种危险，忘记或不愿意去处理实际事物。甚至，因为实际事物永远不像书中事物那样清楚、美丽、有条理，读书人有时还会厌恶和疏远实际。而从写作者或表达者这方面说，无论怎样努力，也没有办法把实际事物带到读者或对方眼前。所以如果有人对我说，你看了我的记录，那里就不用去了，我会说他在吹牛。所有的游记作者都在做我前面做的努力，只是比我高明若干，那种努力便是，把事物有选择地介绍出来，想在读者与事物之间，夹入自己的私货。有些游记写得太好了，我们阅读的时候，沉浸其中，而我想提醒自己的是，最好的游记，是让人读后想，天呐，我一定要到那个地方去，而不是告诉自己，那个地方我不用去了，因为作者已经形容了它的全部美妙。如果一个人能够形容一件事物的全部美妙，那事物一定有所损失，而我们知道，不管是谁，坐在家里写部游记，对他描述的事物是没有影响的。

我仍然喜欢阅读游记。游记的价值，只有一半是向我们介绍我们没有到过的地方，还有一半，是让我们观赏到他人对事物的反应。即使最平铺直叙的记录，即使是旅游手册，仍然是一种"印象"或观点，我想这是没有例外的。那么镜头呢？在我们的各种记录方式中，摄影大概是最有可能接近事物在视觉上的原貌的了，不过可惜，那毕竟不是事物本身。现在摄影工具到处都是，咱们出去游玩，总会拍些照片，几年之后再看时，对自己的记忆是个提醒，而总有些照片，让我们挠挠脑袋，对自己说，我当时在想什么，为什么要拍这个？孤立的画面，如果可以理解，那也是因为我们记得或知道画面之外的东西，它与我们的经验之间有所联系；这类联系，在文字叙述中更容易建立——我们经常问别人"这拍的是什么"，我们很少不明白作者在描写什么。顺便说一句，我不喜欢中间插着摄影作品的书，不管是游记还是什么（摄影教材是例外），对我来说，那是对阅读的打断，摄影对事物面貌的记录与文字记录的差距太大了，摄影对焦点之外的细节也不得不记录，这与文字叙述太不同了——在文字描述中，作者没有写到的，我们或者不去操心，或者用想象去填充。再说了，摄影的工具气氛也与书本子不协调，和它相比，插画就好得多了，我喜欢速写的插画。

还要顺便说一句的是，这些年里我读过几十种藏地的记行书，因为不能去，便只能以此为卧游了。为什么不能去呢？当年与我同行的那位朋友说得最明白：没脸去。不管我们自己是什么态度，毕竟不能轻松地甩掉自己的某些身份，而在这样的身份下，去那里玩，实在是有些惭愧。

"密尔"路碑

　　不算很久之前，整理旧物，看见一堆活页纸，一阵欢喜，因为那是中学时期的旧纸，本以为早就扔掉了的。翻了一遍，一小半是当年胡写的东西，一大半是读书的摘记。又发现其中对一本书的摘抄尤多，竟有二十一页半，不免要回想，这本书以什么性质，令那时的我如此佩服呢？

　　书是约翰·密尔的《论自由》，我依稀记得它的样子，很薄，黄色的封面，纸张粗硬，且有许多斑点。笔记上注着抄录的日期，1981 年 11 月 22 日，是高中的最后一年。中学时的习惯，是周末上午游泳，下午去图书馆，到了假期，才能去得多些。学生证不能借出书籍（或只能借出某些种类，记不清了），要在馆中阅读，摘记便是在图书馆里抄的了。

密尔的《论自由》，打那以后我就没有重读过。我把笔记翻看了几页，已大致明白当时它吸引我的原因。

"当社会本身是暴君时，即社会作为集体而凌驾它的个别个人时，它的肆虐手段并不限于通过其政治结构而做出的措施……

"人类之所以有理有权可以个别地或者集体地对其中任何分子的行动自由进行干涉，唯一目的只是自我防卫……

"假定全体人类统一持有一种意见，而仅仅一人持有相反的意见，这时，人类要使那一人沉默并不比那一人（假如他有权力的话）要使人类沉默较可算为正当……

"我们要以中国人为鉴……要使一切人成为一样的中国理想……"

我现在的观点是，自由即自然——即人类的自然状态，它的反面是权力。我为什么持这样的观点——这观点并不是我的发明，至少可以追溯到霍布斯和洛克，那么正确的问题应该是，我为什么接受了这样的观点，而不是其他呢？

我想起 1976 年秋天，在一个山坡上，与一个同学皱着眉头讨论："……会不会变天呢？"那时我还是个小学生呢！是的，我们这一代人，本来是标准件，出自政治工厂。我们不知读过及听过多少正统的书籍、报纸、广播，每天浸泡在其中，生长在其中，在小学时便写批判稿，写学习体会，订阅《朝霞》《学习与批判》，"关心国家大事"……如今我好奇的是，那一代人，是如何冲出这包围的呢？

"好像没费什么劲。"我同一位老友谈到这个问题，他这么说。是的，好像没有经历过什么严重的思想转变，没有经历过可用"崩溃""重建"之类的词来形容的过程，瓦解是安安静静地发生的，等想起来时，它已经完成了。

这中间，我能想起来的，有杂乱的（而不是专一的）阅读，政治事件，电影与音乐，报纸上的几次讨论（那时中学生普遍认为这些成年人在讨论无需讨论的事）……假如没有这些因素呢？

这个问题的答案，同样解释了我为什么采取目前的观点

（那隐含着人类天性的前提）。是的，我相信人类的天性（它同哲学家想象的自然状态几乎是一件事物）；我相信当个人的天性得以展开时，对自由的需要会立刻苏醒。对任何少年人来说，对干涉的厌恶，不论这干涉是来自家庭、学校，还是社会的其他结构，是自然的事，这种厌恶迫使他为自己的独立寻找论据，也是顶自然的事。

蝎子乐队的《变化之风》，是我在 20 年前从收音机里听到的。写到这里，我想起了这首歌，"变化之风，给未来的孩子，送来梦想。"实际上，风无时无刻不在吹拂，只要我们自己允许，没有什么墙壁能阻挡它吹掉蒙在本性上的灰尘，没有什么覆盖能阻挡它携来令种子发芽的雨水。

那些摘记如同路碑，标记着密尔对我曾有如此的影响，而这影响，我本来有可能忘记的（后来又曾读过他的《功利主义》，就不是很接受了）。现在看来，密尔与其前辈不同的地方，是他的矛头所指不是国家权力（对国家权力的限制，在这位十九世纪的英国人看来，是已经有所解决的问题），而是社会对个人的压迫（比如泛道德主义的压迫，习俗的专制）。这恰好迎合了 30 年前的中学生的胃口，至于国家权力的灾害，我在后来的日子里会有大把的时间去体会，而且，对它的立场——当需要一个立场时——将是不假思索的，因为有了被密尔启迪出来的个人主义，不难辨认出谁是自己的头号对手。

同情

手头有本剑桥大学西蒙·巴伦－科恩（Simon Baron-Cohen）教授2011年的新著《恶之科学》，从它的副标题——"论同情（empathy）及人类残忍的起源"，我们能大致猜出著作的主题。

在书的一开头，科恩讲了三个故事。

第一件事，是在他七岁的时候，父亲向他说起纳粹用犹太人（的皮）制灯罩。"这是那种一旦听到，就永远从脑子里抹不掉的话。"科恩回忆。人和灯罩，这两件事怎么能联系得起来呢？

他父亲还谈过自己早年的女友露丝·戈德布拉特。科恩的父亲第一次拜见露丝的母亲（集中营的幸存者），发现她的手是"反"的。纳粹科学家将她的手切断，反着缝接回来。现在她掌心向下时，拇指在外侧，小指在里侧。听到这里，年轻的科恩，朦朦胧胧地意识到，人类本性中有一种似乎与自己相反的性质，人可以不把人当人看。

第三件事，是科恩成年后，听一位生理学教授说，人类对低温的耐受极限，至今最可靠的数据，来自纳粹科学家在达豪集中营进行的"浸泡实验"——没必要介绍这可怕的实验的详情，且说科恩听到后，脑子里想的是，人，是怎样来"关闭"天性中的同情之心呢？

科恩有个一生挥之不去的问题：怎样理解人的残忍？通常，有人做了可怕的事，我们便说他是坏人，他是魔鬼，他邪恶。在科恩看来，这根本不是解释。

这一点上，我赞同科恩。将人的一些行为归之于品性"邪恶"，有点像希腊戏剧中的"机械降神"，对真正的思维是种破坏。我们用"邪恶"之类的概念来包裹人性的某些特质，至少有时，是因为我们假装不理解邪恶，不愿意承认自己有"邪恶"的能力。作为品质的"邪恶"，好像是某种外物，可以驱赶、教化或用手术刀拿掉一样……万一是，也将像电影里的异形，取掉它，我们就死了。

科恩认为，所谓恶，就是将人视为非人的客体，是同情心的丧失。短暂的丧失（这是每人都经历过的，因为仇恨、愤怒、报复心等），是同情心的临时关闭，长期的丧失，叫"同情的磨蚀"。

这本书我并没有读完，原因之一，是我先入为主地不喜欢他提出的"零同情"概念。如果有人——哪怕只有一个人——能够毫无同情心，不论是作为感觉的同情（sympathy），还是作为功能的同情（empathy），都一丝一毫也没有，那意味着，大卫·休谟所主张的同情心是自我与普遍道德之津梁，便不能成立了。

在人的精神王国，谁是国王？理性，情感，还是别的什么，以及真的有国王吗？道德的真正发动机，藏在哪里？参加争论的，在十七世纪、十八世纪，有了不起的笛卡尔、斯宾诺莎，也有同样了不起的休谟和亚当·斯密，以及众多的优秀头脑。一方认为情感是软弱、混乱、低等的，离身体比离灵魂更近，另一方则有休谟的"理性是且应当是情感的奴隶"（这是他的一个极端表达，不代表他在这个问题上的全部态度）。涉及到同情心，阵营变得不那么清楚了。霍布斯说，对他人不幸的怜悯不过是恐惧自己遭受同样的事，曼德维尔说我们悲悯朋友的不幸时，心中有一种"隐密的快乐"，而亚当·斯密生气地说，没有那回事，"我的悲伤完全是因为你，不是因为我"。这三位可都有经验主义背景，而且有两个半是英国人。

在哲学家争论的时候，我们这些行外之士，一边聆听，一边难免想些自己的粗浅心事。

我此刻在想的一件事，理性是经常受蒙蔽的，在这个时候，谁为它拭去尘土呢？我知道标准答案是，理性是最好的拂尘，包括对于其自身。但又想起休谟的结论，根本没有不伴随情感活动的理性，又想起理性暂时蒙尘的一些例子，想起托马斯·阿奎纳，不管他是多么善辩，不管我们多么敬仰他，一旦读到他认为消灭（包括——而且主要是指——使用暴力，比如火刑）他人身上的"邪恶"是对那人做善事，这时，在我们对神学十分陌生而无力反驳时，是什么能让我们对阿奎纳这样的观点皱起眉头呢?

我小的时候,与那个时代的同龄人及父兄辈的人一样,接受过"革命文学"的训练。"革命文学"里都有反角,几乎都是单调的、概念的、物体一样的人。这种描述,是精心设计的,为着避免读者产生"不正确"的想法。这些反角,无不得到"应有的下场"。是啊,应有的下场,在书里,在实际中,旁观者欢呼,在书里,也在实际中。

现在,如果我重读《闪闪的红星》之类,会大摇其头,因为我的"理性"便足够让我知道哪些是荒谬的,哪些是可怕的。但一个七八岁的、生活在谎言之网中的孩子呢?有个老兄,向我说起过一部叫《英雄虎胆》的电影。在他插队时,为了里边的一个角色——王晓棠演的阿兰,几个知青吵了一架。我也看过那部电影,那时年龄还太小,但也觉得漂亮的阿兰被一枪打死真是可惜。

这是因为她漂亮吗?是,但不仅仅是。我还听说过二十世纪五十年代的读者为了《钢铁是怎样炼成的》中的冬妮娅辩论。也是因为她漂亮吗?是,也不仅仅是。伴随着爱美之心的,还有美丽唤来的人之正常情感的觉醒,关闭的同情心,被活跃的想象打开了。阅读中同情心的发生，有其他的、与漂亮无关的机会，比如，我相信许多读者和我一样，如果反角是个滑稽可笑的家伙，就不希望他悲惨地死去。

要说其中的关键，我想起了一个休谟爱用的字眼，"生动"，是的，"生动"意味着我们离对象足够近，"生动"意味着我们的想象力被激发，"生动"诱发同情心。休谟说，"同情的扩展在很大程度上依靠于我们对他的现状所有的感觉，……需要想象做很大的努力。"这里的关键词是"对其现状的感觉"，以及"想象的努力"。我们不能"感觉"一个完全概念化的角色，但只要这角色稍有"人味儿"，同情心就有可能——哪怕只是一点点可能——觉醒。我们不能够对我们完全没有认知的感受发生同情。如果我们从来没有疼痛过，我们怎能不笑嘻嘻地用棒子打别人的头呢，如果我们从来不曾流血，也没有听说过、阅读过对于流血的描述，我们怎能看到别人流血的手指而缩拢身体呢？是的，我们不曾死亡，但有谁不知道死亡的意义呢？扩大经验范围，似乎是发展同情心的必须经过的途径。

文学，有扩展经验的功能（尽管不是它最重要的功能）。一部文学作品，对读者来说，充满着他人的感受，他人的生活，他人的他人。甚至，一部坏的，很坏的小说，也不可能完全忽略人的感受，不可能完全抹掉生活的"生动"之处，它的读者，每次只得到些碎片，但也许有一天，这些碎片会聚拢起来，成为活生生的"他人"的观念。还记得当年的批判"资产阶级人性论"吗？无数在我们今天看来很不"人性"的作品，在极权的追求和维护者看来，仍是"迷魂汤"，亦可证文学之难以"纯净"。

我当然不是主张阅读坏的文学，但是，在好的文学难以获得之际（许多人有这种记忆），当强加与哄骗完美结合的时候，在爬出谎言泥淖的工具如此之少的时候，最坏的文学——我不敢相信我这么说——也比残酷的政治家最好的演说要有益人心。有这么一句话，"利用小说反党，是一大发明"，事实上，这是最古老的发明之一。文学，亦如琐碎的日常生活和庸常的情感，天生拥有化解之力，对渴望用权力和教条统辖万民头脑（而不仅是身体）的野心家来说，文学是个狡猾的敌人。

在《恶之科学》书中，科恩讨论了汉娜·阿伦特"平凡的恶"的概念，很可能，他的研究曾受到阿伦特"邪恶发端于同情心结束之处"这一主张的启发。科恩请我们思考这样一个链条：

甲：我只是将本区的犹太人列了个名单。

乙：我奉命去逮捕一些人，把他们押解到火车站。

丙：我的工作只是打开火车车厢的门，仅此而已。

……

癸：我的工作只是打开淋浴喷头，毒气从里边出来了。

我想到的是今天发生在我们身边的无数例子。制度……制度……制度不是人这样的道德主体，制度没有道德责任，我们没办法惩罚制度，我们只能惩罚人。制度不会惭愧，人有可能。在任何制度下，所有被杀的人，都是被人杀的。

对权力和残忍的关系，研究甚少，但我们知道，在人类残忍行为展览会的最显要位置上，是那些手执权柄之人。我们自豪地拥有疯狂的高洋和卡里古拉，有同为女性的吕雉和阿尔斯·科赫，有屠城的英雄项羽和阿提拉，这个名单长得无法形容，其中包括被人细密研究过无数次的艺术爱好者希特勒，以及若干我不便说出名字的大人物。

其中的一个类型，是"君子远庖厨"。不再有"生动"

的人，只有干燥的数字和伟大的目标，只有成功和障碍。有几个政治人物，会费力去想象会有多少人，因他的一道命令，痛苦，忧愁，被处死或在饥饿中死亡？

当对象没有任何"生动性"时，没有主动的、努力的想象，同情心的发生，能有多少机会呢？乔治·奥威尔举过一个例子，投弹的飞行员从一万米高空看下去，房屋至多是个斑点，他按动开关，炸弹摇摇摆摆地下坠，他看到微弱的闪光，知道自己完成了任务。

我又想起不久前阅读的《巫觋之锤》（又一本我没能读完的书），一本祸害数百年、现在终于被公认为邪恶的著作。现在我想的是，那位主要作者，一名多米尼加派的修道士，在妄断他人的内心时，可曾有一点同情之心？在写下那些条分缕析的句子时，他是否意识到他在谈论杀人？我想他当然知道，他不在乎。在残酷的时代，残忍的写作才是合乎风尚的，回想小时候读过的许多作品，我吃惊地发现，自己受过那么多的残忍教育。

科恩说同情心是人间最宝贵的资源。我十分同意，而且十分愿意同意。但是，我想起伯纳德·曼德维尔将怜悯看作是一种弱点（尽管，他说，是与美德最相近的弱点），是啊，我希望同情心是人性最后的堡垒，但这堡垒到底有多么可靠呢？毕竟，同情心有可能只是美丽的花朵，来自我们尚不了解的根源；在相反一方，作为丧失同情心的邪恶，到底是腐败本身，或只是某种腐败的臭气，而那腐败之物，同样还在更深之处？

辑

。

叁

读无用书论

　　或暂或久的，每过几年，就有一年厌倦阅读；每一年中，也总有一两个月，常常是在岁杪，一点儿也不想看书，此时每本书，都像失掉了可喜的个性，变成课堂里唠叨的教师，饭桌上按着自己的破事讲个没完的讨厌鬼，笑容可疑的推销员，说长道短的上士，自言自语的邮差，搜罗听众的退休官员。在这种时候，习惯地拿起书来，刚一打开，太阳就钻进了云层，我的眼睛冲着书，脑子跑到别的地方，拽回来，便在两者之间飘浮着，心无定属，唯一不变的心思，是"我恨这本书"，以及下一本——打开，合上。看到我这无聊的样子，窗台上仅存的一株花草，吐出最后一口气，死掉了。

这种状态，像是人在旅中，忽生厌倦之意："我为什么在这里？"出门前想得好好的，这里看山，那里涉水，地图在手，眼镜在鼻，上午参观，下午照相，遇碑抚碑，见桥登桥，呼朋唤友，招猫逗狗，趋前趋后，兴致勃勃，然而总有一天，一股不耐烦之意腾地冲上心来，于是山失色，水无光，雨打鼻子雪冻脸，草木刮衣服，炊烟熏眼睛，曾经美丽的卧石，这会儿专绊人大跟头，谁还有刻颂之心，全身上下只觉得累。又好比例行的晚宴，有良朋可与谈笑，有羊肉可用开涮，耳聆高贤之教，手倾威士之忌，放下五湖之心，拿起二锅之头，凯乐欢欣，夜复一夜，忽有一天，眼睛盯着一个人的脸，心里想的是："他到底在说个什么？我为什么要听他胡扯？"一念之来，兴致索然。

为什么如此？我们疏离一件事物，粗浅地说，或者是没有发现它与我们的关系，或是那关系太紧密狭隘。正如生存是最不可忍受的生活方式，求知是最容易让人生厌的阅读方式。我现在看书，哪怕是看闲书，也经常闲不下来，或者是这个有用，或者是那个颇可思量，人闲心不闲，简直可恶，而极少有——如果不是完全不能够——忘我的阅读。世界总

137

是要使我们每一个人都像它，推开窗子，看看外面，或者不推开窗子，看看周围的什物，就看见了我们自己的性格，纠缠在与他人共享的网中，阅读本来是摆脱局促的办法之一，然而或者是因为我们已经僵硬了，或者因为作者也在局中，读着读着，便会忽然觉得窒息。

我刚上小学时，赶上批判"读书无用论"的尾巴。后来又批《三字经》什么的，来回来去地折腾。"读书无用论"与"读书有用论"，本是一家，是一种疾病的两样症状，好比一种错误的证明，恰是对自身的反驳。怎么批"读书无用论"，我记不起来了，如若想象，不外是工农兵占领上层建筑啊，科学种田啊什么的。我只记得此时逃学不如以前那么方便了，写起检查来，要自诉"受了读书无用论的流毒"等，活活多写一两行。没过几年，恢复高考，读书更加有用了，《三字经》也重见天日，里边有好多苦读的故事，孙敬悬梁，苏秦刺股，匡衡凿壁，车胤囊萤，好不让人厌恶。最可恶的一个人，不在《三字经》里，是后汉的桓荣，他小时候家里很穷，种田时也带着书本，他的哥哥不理解。后来桓荣做了官，回到家中，向兄弟们展示官家班赐的车马衣服，带着雅各式的微笑说："此稽古之力也。"

劝学是中国的传统。这传统有杰出的一面，又有鄙陋的一面。古往今来劝学的诗文无数，我今天想起的却是唐代的小说《李娃传》，这故事的前一半很好，后一半恶俗，由它衍生出《曲江池》《绣襦记》等各种戏文，传到今天，许多剧种里都有，而李娃劝学的手段，早就可怕了：你要不是看书，总看我，我就把眼睛挖掉。昆曲文绉绉，梆子腔里是这么唱的："我将你当志气男子灵芝草，谁知你是臭蓬蒿。一根银针我在手，刺坏左目祸根苗。"读书如此沉重，怎能不令人厌倦。

　　我当然不反对有目的的读书。我最热爱的传统，大概就是人类的知识传统了，猫因为没有这样一种传统，正横在我的床头打瞌睡。但在此外，有时候，我们需要放弃"有用无用"这种看待事物的方式。孔子说诗可以兴观群怨，"迩之事父，远之事君，多识于鸟兽草木之名"，这或是种无奈的一隅之教。拿起半首狄金森的诗歌：

　　"你不能将一股洪流折起，

　　把它搁进抽屉——

　　风会将它找到，

并告诉你的雪杉地板。"

我们能不能承认，任何功利性的念头对欣赏诗歌都是有害的？以前为读"闲书"辩护，我曾经说，这些书至少可以扩展我们的精神，或令我们愉快一时，现在看来，这是一种妥协的、不彻底的辩护，它仍然或明或暗地接受着有用无用之论。按照最严格的有用无用之论，找到一本完全"无用"的书是很难的，理论上是做不到的。而这也不应该成为辩护之词，实际上，用不着辩护，我们用不着自辩，用不着为任何书辩护，用不着为别人糟糕的思想，浪费自己的思想。

当我们说一本书有用或无用，我们在想什么，我们指的是什么？有用无用这种说法，大概与书对人的影响有关，而在很大程度上，我们打算接受什么样的影响，左右着我们实际接受了什么影响。我们打算令一本书能够为己所用，我们做到了，而同时弃掉了——如果这是本好书——更多的"无用"的内容，那些文字，作者在自由的状态下写出，我们在不自由的状态下忽略了。

我念大学时，遇到的老师中，有一位陈先生。话说上课记笔记，是好习惯，特别是发生在别人身上。有些课我没有上，到考试前，就借同学的笔记看一看——对考试来说，笔记是有用的。看一本笔记，与上半年的课，有很大不同吗？对试卷来说，没多大不同，对人来说，有很大不同。说回到教十九世纪欧洲文学的陈先生，他留法多年，汉语有点生，经常捏出古怪的词来，"重镜破圆"之类，让我们哈哈大笑，而他从来不以为忤，他那种坦荡、幽默的性格，对事情温和得体的反应，在那个时代，并不多见。他对法国文学的见解，说来惭愧，我已经没有印象了，但他的春风言笑，姿态口吻，那些随意的剧谈，零星的手势，他的衣着，家中堆得到处都是的唱片……这些都是没用的，是吗？

还有褚先生，是治秦汉文学的专家，给我们本科生上课，自然是只讲些基础的，用不着出语惊人，但偶一激扬，闪现出的绝尘之逸，足令向慕。他老先生骑的是一辆自行车的遗骨，远一点看去，如同坐在半空中，就这么在校园里乐呵呵地往来，像卡通片里的人物，而这些，又岂是笔记里会有的。

我说这些，是粗浅的比喻，而仍没逃出有用无用之论。其实我最反对有用无用之论的滥用的，是这种观点，隐藏着狂妄与闭塞。说它狂妄，是它以为我们对世界及自己的了解足够丰富，足够深刻，能够判定一切或绝大多数事物会如何影响我们的利益；说它闭塞，是它把我们可怜的一点知识，转化为精神的牢狱，或说得好听些，一张道路旁午的地图，进而断言，道路之外，实无景致。古典功利主义者不能、也无法假定能够计算出行为的全部后果，我们就能了吗？我不知道未来人类会怎样理解类似的一批问题，但一个有可能存活数十亿年的种类，在才拥有两万年左右文明史时，便假装掌握了种种诀窍，是不是有点儿过早了呢？

一本书，如同一个陌生人。我们见过各种陌生人，我们来到陌生的医生桌前，想听他对我们脾胃的意见，我们把陌生人请到家中，除去地板下的害虫，我们向陌生的人购票，吃下陌生的人端来的食物——也有的时候，面对一个陌生人，我们不知道他会说什么，不知道他会做什么，不能从衣着判断出他的职业，不能从表情看到他的性格，这时，我们是应该高兴，还是害怕呢？

我从朋友那里收到过许多珍贵的批评，其中一次，是若干年前，在山西的一个地方，一个衣服上有许多灰尘的男人来到我面前，勉强挤出些笑容，开口说："你们是头一次来吧？"我摆摆手说："不用不用，我们自己知道。"那人走后，朋友说："你怎么随随便便就把人赶掉了。"我说："你没听出来？他是那种带人逃掉门票，来挣钱的。"朋友说："你怎么知道？""我看得出来。""如果不是呢？"

是啊。如果不是呢？万一不是呢？不讨论这种态度对别人的伤害，且说它对自己的伤害——我们经常抱怨，生活中的意外太少了，新鲜的情节太罕见了，同时，我们这些有经验的人，对概率的依赖，又有点过分。那人有很大的机会，确是我料想中的人物，但另一类机会，本来因为其弱小而珍贵，也被我们零零星星地断送了，亦如在有用无用的思辨中，我们，作为读书人，越来越不自由。

小时候（我发现，这个词最近用得渐渐多起来。我还不到七十岁，已经开始像九十岁人那样爱忆旧了），曾经生活过的一个地方，有些奇异的词语，其中一项，是将所有的坏蛋，不分中外，一律叫"美国人"。电影看到一半，就有先知大声指出："瞧出来没？这家伙是美国人。"对那类电影，他们总是瞧不错的。我从他们那里学到了看电影的糟糕态度，东猜西猜，以不失算自雄。不过前几天看了一部《杀戮演绎》（The Act of Killing），很受震撼。我一向是有点瞧不起电影的，从没想到一部电影能够像书那样往心里钻。看完这部电影，心生种种念头，其中一个是对自己说："别以为你什么都明白。你没见过的还多着呢。"

　　回到开头的话——不是书令我隔三岔五地生厌，是自己的态度，精神上的不自由，心胸的不开放，回火到自己身上。怎么办？没办法，像在很多事情上一样，一边对自己不满意，一边依然故我。改是改不了啦，有所警戒，聊胜于无。

山峰及其他比喻

有一件事，是每个读书人，尤其是文学的读者，难免在心里嘀咕的：我对一本书的价值判断的价值如何？价值判断没有对错可言，但另一些尺度，如我们经常说的判断力、趣味、视野、志向，又是不容易忽略的。一本文学史上的伟大作品，我却不以为然，是我的问题吗？喜爱一些难登大雅之堂的书，是不是羞于承认的？一个人的喜好，如果与"公认"的名单完全一致，是值得欢喜的事情吗？如果严重地不一致，这人是应该不安，还是应该庆祝自己的特立独行？

朱利安·贝尔写过一首讽刺维特根斯坦的短诗，最后一句，说维特根斯坦"大谈人文，自诩全对"。维特根斯坦果真能够如此骄傲，倒也去掉了他自己的一桩心事，但他未能；他觉不出莎士比亚有什么伟大，为此有点烦恼，——觉不出莎士比亚之伟大的，不止他一人，而为此烦恼，则可玩味。他在笔记里试图拆解莎士比亚，莎士比亚的比喻、莎士比亚的思索能力、莎士比亚与现实的关系……他分析、寻找支持自己感受的方方面面，但骄傲、猛锐如他，敢于"深深怀疑莎士比亚的崇拜者"，却始终没有敢声称莎士比亚是一个二流作家，顶多委婉地说："要解释我对他理解上的失败，我不具备轻易地、像一个人眺望一片光辉灿烂的风景一样阅读他作品的能力。"（许志强译文）

第二个例子是我自己的。简·奥斯汀的《傲慢与偏见》和艾米莉·勃朗特的《呼啸山庄》，我是在同一年读的。我把《呼啸山庄》读了一遍，《傲慢与偏见》则连读两遍。若干年后，我以为自己成熟了，当比早年更能理解、欣赏《呼啸山庄》，于是重读了这两本书。是的，我确实比过去更重视《呼啸山庄》，不过还是更喜爱《傲慢与偏见》。为什么呢？我问自己。《呼啸山庄》显然更拥有我们通常用"伟大"来形容的某些特质，它更接近于"伟大"（顺便说一句，这个词是外来词，它所形容的特质与同时映射的我们自己的心理，都颇可思索），这本书对人类精神的探索，不论是在能力上，还是在勇气上，都远超《傲慢与偏见》；《傲慢与偏见》固然温润可喜，而其"见识"（这是该书中常用的一个词），相对于其时代的高度，不过如彭伯里的小山：

"只见丛林密布，从远处望去益发显得陡峭，真是个美丽的地方，处处收拾得都很美观。她纵目四望，只见一弯河道，林木夹岸，山谷蜿蜒曲折，真看得她心旷神怡。"（王科一译文）

而《呼啸山庄》呢？如拿山峰来比喻，显然更加高耸、险峻，我也相信，如能登顶，所见到的胜景，也当更加富于启发。不过，它的山路破碎而曲折，山石嶙峋，树林幽暗而不友好，没有《傲慢与偏见》中供人歇脚的平地甚至小亭。它的溪流湍急，我们把脚伸进去，本想安慰一下磨得红肿疼痛的肢体，却凉得赶紧缩回，叫出声来。天气也是如此，《傲慢与偏见》的晴空与舒服的雨水，到这里变成忧郁的雾气和沁骨的阴冷。它把最美丽的所在，隐藏在巉岩与密云的背后，没有耐心与体力，是欣赏不到的——不难理解，当我发现大

147

多数"权威"和我一样，更喜欢读《傲慢与偏见》，还找出种种理由来推荐它，大感欣慰。

读初中时，开始大量阅读西洋小说。我手头一本文学史也没有，所依赖的向导，有点可笑，是一本《辞海》的文学分册。按图索骥的经历，至今记忆，其中一个关节，是认真阅读那些评语。《辞海》中寥寥几行介绍，要仔细玩味，猜想自己会不会喜欢那书；每一本书前后的介绍，总要先读一下，不顾虑先入为主的影响。这样是很受束缚的，好在渐渐也有些主见。

喜爱与敬佩是两种情感。有一些书，知道那是好的，但多读一遍也不能。还有一些书，知道——所谓知道，不只是知道所谓公认的评价，也是自己的判断——并不十分杰出，但就是喜欢，比如斯蒂文森的《金银岛》，怎么看也不像是华贵之作，但谁会不喜欢它呢？一个人如果在少年时代阅读过《金银岛》这样的书，成年后当了文学教授，大概依然不舍得背叛自己的情感，而会想办法，寻找理论工具，把自己的喜爱解释为高尚的趣味。

有两个作家，狄更斯与马克·吐温，是我少年时非常喜爱的。这两位，在文学史上，都不是什么主峰，更没有建立自己的山脉，与陀思妥耶夫斯基这样的伟大作家相比，他们只能默默地让路，但他们共同拥有的另一种品质，是讨人喜爱。我读过一些当代美国评论家对马克·吐温的"阐释"，有点发笑，因为私意以为，有些评论家拔高马克·吐温，至少有一半的动机是不让自己为对他的喜爱害羞。《哈克贝利芬历险记》的气象，在马克·吐温的作品中，或许是最大的，它的体裁，也是古典的，但谁要说它有史诗的规模，那我压根儿也不信。《大卫·科波菲尔》，即使在狄更斯的小说中，地位也非最高，评论家更垂青于《远大前程》《艰难时世》这些更勇敢的作品，但当他们写完文学史，或走下文学讲座之后，在闲笔和闲谈中，我们能够发现，他们最喜爱的，还是《大卫·科波菲尔》。因为以阅读为职业的人，同我们一样，也曾经浸泡在该书回忆的雾气中，感染于那迷人的、温和的感伤，那感伤是慈祥的老人才会有的，却贯穿全书，从大卫少年时代的描述开始。

每个人的气质不同。我对黄山、漓江这样的山山水水，毫无兴趣，而我的一个朋友，对我着迷的荒漠及他所形容的"胖山"，则痛恨有加。读书也是如此。但是，在个人的口味之外，是否存在某种恒定的尺度，植根于人类共同的经验与命运当中？打开一本艺术史或文学史，不管是谁写的，说来说去，总是那些作品，这是不是一个阴谋，欺哄外人的骗局，或被传统不断加强的行业神话？有时，一部书或一个作家，埋没若干年后，忽然得到重视，是否说明有大批大批的作品，只是因为机缘不好，被成见阻挡，以至不为后人所知？而这又是否意味着所谓权威、所谓公认、所谓经典，不过是偏见的一种集合？动漫或网络文学，是否在艺术价值上丝毫不低于经典作品，而人们屈从于习俗，势利地不承认它们的杰出？艺术和文学的传统，是不是变成了一种权力，压迫着无数阅读和创作者？

总体说来，我不这样认为。我承认在文学或艺术的传统内部，像在社会的其他结构中一样，势利总是有的，但接受"经典"这种概念，倾听他人的评价，重视经验丰富者的阅读经验，甚至在一定程度上承认"权威"的地位，很明显是更明智的做法，特别是在我们没有把握的时候。我不认为这是服从权威，我认为这是信任，是对他人的诚实和能力的信任，对社会淘汰莠见功能的信任。这种信任不能带我们到最远的地方，但没有它，我们一步也迈不开。一个人可以不喜欢福楼拜，读不下去《白鲸》，这没什么，要表达这意见，慎重的用语是"不合我的口味"，而不是"什么破玩意儿"之类——事实上，文学史中那些有名的作品，有很多我不喜欢，有一些我认为评价过高，但"破玩意儿"，我还没有发现。共同的欣赏经验，尽管屡受强加的影响，仍然是一张滤纸，能通过它的，总不会很差。

信任（但不迷信）传统，等于相信我们的社会是基本正常的（实际上，是社会的面貌定义着"正常"）。如果文学史上那些作品，我没几本喜爱的，而我喜爱的，都被排斥在外，那么，我有两个选择，一是怀疑自己的趣味，二是认为我是惊世的天才，别人都不对。哪一个更像是理智尚存的人的选择呢？另外，一个人如果阅读过大量的"重要作品"，而几无喜爱，在我看来，这毫无可能。通常，我们只敌视自己不了解的事物。设想一个从小不曾离开小山村的居民，告诉我们他屋前的池塘，是世界上最美丽的景物——我们毫不怀疑他的诚实，甚至可以赞美（但我不会）他的纯朴。可以想象他面对这池塘的精神活动，与我们自己的相对照，但要我们重视他的意见，那是不可能的。他的经验过于狭隘。

罗素曾经私下里批评维特根斯坦"缺点教化"，对于世界的广阔，没有充分的愿望去摸索。这话不见得公平。对于语言作品，维特根斯坦可能只是视点有一点近，但他这样说过莎士比亚："人们惊奇地注视着他，几乎像是在注视一种壮观的自然现象。他们并没有与一个伟大的人类相接触的感觉。毋宁说是在接触一种现象。"无意中，他给了莎士比亚一个在我看来是最好的解释。

　　莎士比亚是个恼人的现象。很多人对他敬畏多于热爱，他的名声太响亮了，人们就是感觉不到他的伟大，至多也是默不做声。说到这里我就得意了，因为我诚实地认为他确实是伟大的，而伟大的原因，则如维特根斯坦所说（尽管他说那话时含有批评之意），莎士比亚的虚构世界是如此的充分，我们可以甩开他引导之手，自行攀登，而他的山岭，不仅有多个路线，还有多个侧面，供我们探索。在这一点上，他的那些杰作，以及由全部作品组成的整体，几乎有自然之物的实在，要说波普尔的世界二（编者注：哲学家波普尔的"三个世界"理论认为，第二世界是人的意识、感觉，心理，即人类诞生后形成的主观世界），没有比莎士比亚的作品有更好呈现的了。

　　想一想《哈姆雷特》吧，它的每位读者，一生中当有若干次，想起那纠缠的性格，那性格表达着人类永恒的内心战争，在那种场合中，不管我们如何明白"重复顾虑使我们变成懦夫"，"一时孟浪胜过重重深谋远虑"，不管我们多少次下狠心，像主角一样赌咒发誓地要"抹掉一切琐碎愚蠢的记录，一切书本上的格言，一切陈言套语，一切过去的印象，我们少年的阅历所留下的痕迹"，"屏除一切的疑虑妄念"，我们又怎能不意识到自己将要做的是"以诡计对付诡计"和"忍情暴戾"？不想到我们行动的涟漪，不怀疑我们的资格，不想起哈姆雷特？

最后一本侦探小说

　　有个朋友，每次来做客，都要翻弄我的书架。我几次劝他放弃这习惯，然而怎么说也无济于事。他一边翻弄，还要一边批评我的收藏，差不多一半的书，他都认为，摆在架上是很丢脸的，还有许多，在他看来毫无益处，阅读它们是对我的余生的浪费。他自告奋勇地想替我把这些书处理掉，用他的方式，比如说，搬到他的家里。

　　我自然拒绝，于是他翻弄得更加起劲，抽出插入，一切都乱七八糟。有一天，他突然停下手，似乎是在盯着什么。

他小心翼翼地从架上取出个东西，转过身问我："这是什么？"

他拿在手里的，不能叫做一本书。那是一本书的封皮和封底，中间有些散乱的书页。

"书呀。"我说。

"这是怎么回事？"他说，"你这么无聊的人，居然也有点儿好玩的东西。你得告诉我这是怎么回事。"

"好吧，"我说，"这件事我在心里憋了很久了。"我把他按到椅子上，给他讲下面的故事。

有一年冬天，我被雪困在山顶的小屋里。

"真的？"朋友惊讶地说。

就当是真的吧，我说，前因后果与我要讲的事没关系，不必多费口舌。总之，那年春节后，我一个人在小房子里住了三个月，大雪封住了道路，没有办法离开，也没有人前来探望。粮食是充足的，蜡烛是充足的，还有一大包烟丝，所以我没什么怨言，安安静静地等待着积雪消融，每天早睡早起，用一只铁皮炉子烹调。我学会了煮玉米粥，学会了用大木盆捉鸟。我吃掉了许多只漂亮的鸟。

我读书。屋子的前主人，留下满满一架子书，他的口味很好，至少有一半书，我读得津津有味，另一半书，如果不是发生了后面的事，我想我也会读完。我认为每一个人都应有这样的机会，不得不与书为伴，从烦躁到安静，仔细体会每一本书的意义。以前我以为最好的机会是住监狱，在小屋中住了不到一个月，我就明白过来，自由人也可以全心全意地读书。在夜里，有时我被雪光惊醒，等明白过来，就点燃蜡烛，抓起入睡前读的那本，继续阅读，那是一天中最美好的时光。

我忽略了一件事。小屋在山顶上，山顶生着些灌木，早早地被雪覆盖了，向下走两三百步，便进入茂密的针叶林中，那里有取之不尽的木柴，燃烧旺盛，气味芬芳。屋外有一个柴堆，从我缺乏经验的眼中看去，是庞大得使用不完的，然而不到一个月，就被我用掉一半。那又怎么样，我想，等柴堆用完了，自可去林中折松枝。

在我住到一个半月的时候，又下了一场大雪。三天后我费力地推开房门，发现已经没有办法走到树林里去——雪太深了，不到一百步，我的胸部便陷到雪中，不能前行。我开始节省木柴。然而不管如何努力，刚进入三月，最后一支木柴在炉中熄灭了，又过了一个星期，所有的家具也烧完了。

这时的气候已较一个月前温和许多，即使不生炉子，我穿上棉衣，尽可敌住寒冷。但我得给自己做饭呀。等烧完了一些零零碎碎的可燃物，我的眼光，自然而然地射向那堆（书架被我烧掉了）可爱的书籍。这一次我充分筹划，把书分成几个小堆，以便计算用量。

第一小堆，是从我读完的书中挑选出来的。老实说，这不是一件容易的事，一本书，如同一个人，彼此陌生时，我看着对方，觉得很不顺眼，等熟悉起来，对那些缺点，越来越视而不见，而美好的品德，或者是实际就在那里，被我发现，或者是我替对方想象出来，使他至少变得可以容忍。又如同我们不重视或不喜欢一个老熟人，一旦离别，忽又有些伤感——有些书，本来我以为可以毫不犹豫地扔到火中的，甚至在阅读时，就多次起过这种歹意，而一旦举向我的新柴堆，手便停下来。一本先前觉得废话连篇的书，匆匆读过，现在却想，是不是遗漏了什么；另一本令我痛恨的读物，此刻摸着书皮，竟然心生怜惜。忍着寒冷，我翻阅每一本即将焚化的书，直到饿得受不了。可想而知，我的第一个书堆，很小很小，两天便烧完了。

看着第一本书冒着火焰，书页卷曲，字迹在火中颤抖，黑色的灰跌落，是件挺不忍心的事。不过我很快就能不动声色了，很有经验地把一本书，不管是《狱中书简》还是《甫里先生文集》，书脊朝上，竖着投入炉中，没用几天，我就从大略地估计出一本书燃烧的时间，进步到想出办法来延长燃烧时间，好把我的玉米粥煮熟。同样厚的书，燃烧时间可以是不同的，这是我的新发现，我想这与纸张有关。

说到纸张，漂亮的道林纸，看着又白又滑，烧起来却蛮不是那么回事，火焰不稳定，气味可疑，而且往往需要两本书才能做出一顿最简陋的早饭。使用最广泛的凸版纸，是用草浆做的便宜货，倒还经烧，而且据我所知，上面浸有美味的三聚氰胺，所以在燃烧时，气味要比别的纸香甜一些。对铜版纸印的画册，我曾给予敬意，用它们来烹调晚饭，结果令人失望；一些来自芦苇的书籍轻快地燃烧，反而悦目，特别是在晚间。我最喜欢的是字典纸，很经烧，纸灰干净，火色温暖。我最痛恨的是书皮上的覆膜，在炉中会冒出令人恐怖的绿色火苗，还有很大的烟，气味刺鼻，无法忍受，我只好在投入炉中前把所有的塑料物一点点撕掉。对精装书的硬纸封面，我很感兴趣，因为它们在火中持续的时间长久，至于书页，与别的书就没什么不同了。我还发现了几本书，摸上去滑腻，烧起来稳定，我知道那不是涂蜡，却不能断定其到底是什么。我想到唐宋时代的蜡笺，难免好奇烧起来会是什么样子，但假如此刻我有些个古画，《五牛图》《三马图》之类，是否舍得扔到炉子里，大是问题，我想怎么也得等到最后吧。

从第二个书堆起，我开始使用分类。第一批入选的是十几本有关实用知识的书，都是很好的书，然而翻阅一通之后，发现没有讲述取暖或如何在雪地上打出通道的书，我便把它们烧掉了。接下来我烧掉了一批历史书，这些书我都读过，然而直到此时，我才知道自己是如何痛恨它们。然后我挑出作者还活着的所有书籍，全部烧掉，这样我再也不用嫉妒别人了。我又烧掉了与法律有关的书，因为我正在独处，没有人际关系。哲学书是陆陆续续地烧掉的，其中几种，我留到很晚，因为它们都很深刻，值得一再阅读，而且留着很有面子。有一天晚上，我突然发现，正在阅读的一本哲学书很不吉利，特别是考虑到我目前的处境，便爬起来把它和同类都扔到炉子里，这是十分奢侈的举动，因为我在此时并不需要做饭。为了减少浪费，我在炉边烤了一些玉米粒。嚼着香脆的玉米，借着柏拉图的智慧闪光，我愉快地阅读一本诗集，过了很温暖的一个晚上。

三月下旬阳光灿烂，积雪蒸发得很快，四月的第一天，我竟然能够走到树林那里了。我取了许多松枝回来，把炉子塞满，炉盖敞开，让火焰痛痛快快地升腾，差点把屋顶烧穿。可惜的是，所有的书都被我烧掉了，除了一本，《追忆似水年华》第一卷。这书我在家中也有一套，却没有读。这一次，我和自己打了个赌，一定要把它读完。我不想输，便使劲地读它，后来我想，读完一卷就是成功，剩余的几卷，可以回到家中后再读，于是就把它的几个兄弟，拿去烤萝卜了。

在只有这一本书的几天里，我暂时放弃了读书的习惯，因为外面景色美丽，气候温和，正是散步的好时光。清明节那一天，我极其偶然地又发现了一本书，不知什么时候掉在那里，躲过了火厄。这是一本薄薄的侦探小说，书名我想还是不要提了，里边的故事，总之是与谋杀有关，也不必介绍。重要的是，这本书我没有读过。

有了这本书，我便把《追忆似水年华》扔到炉子里了，看着升起火苗，我慢慢地想，这是有点奇怪的事，因为我有许多松枝，没有必要再把书扔到炉子里。好吧，我对自己说，这是我烧掉的最后一本书，我可不要带着这习惯下山。

烧掉最后一卷《追忆似水年华》，是令我后悔的事，因为这天晚上，我把那侦探小说读到高兴时，伸手去卷烟，结果发现，我的卷烟纸已经用完了，一张也没有了。

于是我只好——是的，只好——从侦探小说上撕纸。这本书，正如现在的许多书籍，天头地脚都十分狭窄，我又懒得费事，就整页地撕纸，裁成纸条，卷我的烟丝。等撕到正文时，不免犹豫，因为侦探小说，总会埋些伏笔，我又喜欢边读边琢磨，经常要回访前面的内容。便拣我认为不太像埋着什么东西的地方撕去。我抽烟很多，特别是停下来琢磨案情的时候，这样下来，一天要撕掉好几页。这本书只有两百页厚，我可以用一个来小时便把它读完，但我只有这一本书了，强忍着，每天只读十几页。

读到还剩三四十页时，我认为我已经把案子破掉了。死者手背的伤口形状，应该来自鞋底的特殊花纹，是凶手踩出来的，而前面什么地方曾经提到有个人的新鞋，找到那个人，便找到了凶手。那个人是谁来着？我往前翻，发现我已经把那几页撕掉了，卷烟了，抽掉了。我差点发疯，要知道，谁破了这个案子，有一大笔奖金呢。我越想越生气，使劲抽烟，又撕掉了许多书页。

我压住痛悔，耐心地把侦探小说读完了。凶手不是按照我的推断发现的，而有另外的线索。

"这根本就是个愚蠢的故事呀。"我大声说。我下了山，积雪消融，道路露出已经两天了。

不管怎么想，这本被我撕得只剩几十页的侦探小说，我还是把它带下了山，带到家中，放进书架，算是一种纪念。

听完故事，我的朋友想了一会儿，说："我不知道萝卜还可以烤着吃。真的吗？"

"真的。美味极了。"

我客客气气把朋友送到门口，回屋后把侦探小说放回书架，一个显眼的地方。我没有告诉我的朋友，这个故事根本就是我瞎编的，我从来没被困在什么小屋中，我从来没烧过书，我从来没烤过萝卜。

阅读的边疆

　　阅读，如同我们的其他行为，往往是说不清道不明的。叔本华曾经说，架子上的古书，虽在当年打动过人心，现已成了化石，只有考古学家才会对它们发生兴趣。不过，在另一处他又说，没有比阅读古人写的好书更能带来享受的了——我们自己，如果记录下不同时刻的阅读感受，回头一看，也当是这样一些各有来源的片断，且不免于自相矛盾。我们今天这么想，明天又那么看，而这并不只是因为头脑不够清楚。须知对阅读这类事情的见解，只有一小部分出自符合逻辑的思考，更多的只是把即时的感受用概念装扮一下。

为了解释阅读行为，人们向外、向内心都进行了许多探索。一个最简单的问题，是我们到底最喜欢什么书，哪一本或哪一类。这个问题，确实不易回答。我们的精神世界，如果像窗外的小园子，那就好了。我们可以在阳光明亮的午后推开窗子，看清花园的规模、边界，看清每一株植物和我们留下的每一块脚印。那些脚印不仅意味着我们在什么所在流连得最久，也因其方向，暗示我们的眼睛经常投向哪里，因其深浅，暗示我们伫立时间的长短——可惜我们的精神世界从来没有这样清晰地呈现在我们面前，反而更像是梦中的景物，飘飘荡荡，越想看清，越是不易捉摸。

有个不雅的实验，是这样的：先摆好几十种书，然后，在如厕之前，从里面选择一本。很多人有过类似的经验，尽管不是有意的实验，我也不例外。在记忆中，不止一次，从书架挑了又挑，选了又选，恭如敬如，仿佛要去的不是下等的溷藩，倒是天子的考场，直到慌张起来，胡乱就近抓起一本。世上有这种没谱的俗人，也就有沉着冷静、事事有所准备的高士。我听说，有些人的西阁，便摆有精选的读物，甚至还有笔墨，以备记录灵感。若说这实验，有点像抓周，可惜读书人不是孩子。有一种说法是事到情急，我们的反应最

164

是来自内心，可我有点不信，因为我们是会自己骗自己的。不管怎么告诫要对自己诚实，一旦知道是实验，一定或多或少地做张做势；至于日常无意时所取，则我相信，那结果是随机的。

还有一种考验，是旅中读物。有道是十里无轻载，小小行囊，还要装入书册，已见不凡，精挑细选，更显精神。在线装时代，一只书箧装不下几种书，再没有书童老仆的服侍，一个穷书生扛着书出门，着实不易。旧笔记或小说里，常有书生身着薄衫，坐在冻得死人的船头，借着月华波光，吟哦妙辞，除非邻船有一位爱惜斯文的老夫人带着小姐，不然如此辛苦，实堪惊佩。今天的书籍易于携带，所以我们见到，在包里放上一两本书的，并不仅限于单身的职业读书人。旅行又是如此不同，有几天的、几个月的、几年的（比如去火星），有乘火车的、马车的、飞机的、火箭的（比如去火星），有去访胜的、去成亲的，去去就回的、有去无回的（比如去火星）。据说，在不同的场景，携带的各种书籍（以及在途中购买的），能见出一个人的趣味。

我不是很同意这种意见。我们都见过火车上的读者，那读物是五花八门，有时让我们赞叹，有时让我们从鼻中哼地一声喷出高明之气; 我们也见过或听说过更加难得的读书人, 在景色如画的草原, 在废墟的断石上, 在落日将紫剂注入江水的滩头, 甚至在野生动物的注视下, 捧着一本书在看, 不论在这时, 还是在别种时刻, 去猜断对方的心思, 很难不得出狭隘的观点。人的行为是如此丰富, 不管我们是多么地自以为心胸广阔, 在将我们所见到的派入推论之前, 还是应有所自制。如果我们没有忘记自己的读物种类之多, 便不会以为人家在旅中读一本书, 就一定是精心的选择; 有时我们见到一本我们认为不怎么高明的书给捧在手里, 便鄙视那读书的人, 而忘了在我们的想象之外, 还有几十种原因使人书在特定的场合结合, 而其中大半是值得敬重的。

人的性格是如此的丰富, 在同样的场景下心情可以是如此的不同, 貌似同样的行为后面可以有无数种互异的心理, 使观察与欣赏, 几乎总是高明于猜断与批评。我这么说, 不知是不是准备给自己辩护, 因为我在旅行中, 读书是相当随意的, 其实更多的时候, 是不读书。若是需要打发时间, 胡乱买一两种消遣的书, 塞住眼睛。印象最深的一次经历, 倒是年轻时乘火车从扬州返乡, 腰里还剩十元钱, 便用五元买了一套《射雕英雄传》。那是我第一次读金庸的小说, 一路愉快，剩下的五元，车过蚌埠，从窗外买了一只熟鸡，不知为何，只有一条腿，吃着便不似看书那么津津有味。《射雕英雄传》不算什么高妙的读物，而若从此推论，我的趣味便在它左近，我是不会服气的。

因为同样的道理，我认为，一个人的热情，未必有、而且几乎总是没有单一、恒定的方向。某位物理学家，一生热爱物理，但他又说，有一天翻出本旧日读过的诗集，才念了两三首，心里就狂跳不已。选出自己最珍视的一本书，确实难为人，但十本、一百本呢，照我看来，也没有使这问题变得容易一些。精神世界很少——如果不是从不——像一个深洞，通向内心的某种神秘而炽热的熔岩，而是一片向各个方向伸展的原野，它的疆界甚至不在我们以为的地方，不在我们用足迹和手植的围篱标志的所在。我们的目力和幻想，总要超越我们的行动，尽管是在自己的精神世界上，我们也不是国王，我们是士兵。

我喜欢将旅行、观察或摸索世界与读书做些类比。是的，阅读如同旅行，一本书如同一条河流或一座山丘，有时是新鲜的，有时也让感官无精打采。阅读同样辛苦，时常劳累终日，几无所获，而在一本书上的失败，只会刺激读书人对下

167

一本书的渴望。一个真正的行者，不会满足于从别人那里听到的介绍，而要将自己的眼光，投到各种事物上，也不会满足于"我来了，我见到了"，他会把新的景物，搬回他的个人世界，如果不能成功，便期待下一次的远足会有丰富的结果。他就这样一边拓展自己的世界，一边追逐人类整体的步伐，甚至企望率先进入未知的领域。

询问一个经常旅行的人，什么是他最喜欢的景物。很多人能够立刻说出一种或几种。有的喜欢小桥流水，有的喜欢大漠孤烟，有的到迈不开步的密林里盘桓，有人见到蛇虺出没的可疑水体偏要往里边跳，有人投向零下40度的低温，有人搭起帐篷，一住一两个月，只为等待某种光线的一闪，或某种动物的一跃，有人一动不动地张望天空，有人钻进黑暗的洞穴，还有如我，只是喜欢四处乱窜，很少停下来仔细看一看事物。

我们似乎知道自己喜欢什么，书或事物，我们又不知道还有多少机会，去喜欢上另一些事物。胡适在二十世纪三十年代以"为什么读书"为题作过演讲。他讲了三种理由，其中的第二种有趣，叫做"为读书而读书，读了书便可以多读书"，多读书，积累知识，才能读懂本来不懂的书——他没有把意思讲全，我试着往下说一说。

王夫之说过这么一句话："粤人咏雪，但言白冷而已。"一个没有经历过雪季的诗人，从别人那里听说过雪的性质，见到雪的图画，知道它是"白冷"的，算作一种知识。而这样的知识，与实际的体验区别在于，他无法从中知道，雪有没有可能、以及在什么程度上激出他的情绪和想象，他不知道实际的雪，与各种细节联合着，会与他既往的其他经验发生何种反应，会改变他的什么。

当我们说"我最喜欢小桥流水"之类，第一，我们经历过小桥流水，第二，这是在将已知的事物进行比较——如果我们没有见过雪，便无从断定，一旦访问过更靠近地球两端的地区，小桥流水还会不会是自己最喜欢的景物，可能是，也可能不是。每一个行者，旅中的每一天，到了止息的时候，无不会想，前面会出现什么事物；第二天他继续前行，第二天他继续好奇，直到最后结束旅行时，他知道，他没见过的东西，比他以前想象的还要多。

阅读也是如此。每读一本书，我们多了一些知识，更多了一些"已知的未知"——我们每将精神世界的边际向前推进一寸，未知世界的规模便扩大了一尺，这是折磨，也是最令人着迷的地方。人类作为整体，把旅程和边疆记录在书里，没有人能够凭一己之力，在所有方向上加入探索的队伍，但当我们说"我最喜欢什么书"时，可能意味着，而且最好是意味着，为自己选择的一些方向，经过的一些路标，一些休息之地，这些路标被越过时，最值得回味，再次出发时，休息才有了意义。

我自己最喜欢的景物，是些个视野开阔、空无人烟的地方，而我这么说时，心里想的是，有太多的地方，我没有去过，也没有机会去了，而此时所谓"最喜欢的地方"，其实是最容易让我想象那些未知之地的所在。这种想象似乎是令人心痛的，不过有野心的读者，也是谦恭的读者，我们把信心放在同类上，为加入旅队而自豪，便是懒人如我，坐卧多而践行少，看着别人在各个方向上仆仆奔走，心里也是高兴的。

说到这里，我似乎可以不用为说不出自己最喜欢什么书而烦恼了。阅读是一种方式（当然还有许多其他的方式），来加入人类的旅队，这样的旅队有许多支，所以不管喜欢什么书，能加入其中的一小支，已属幸运。打开一本书，特别是一本好书，便可想到，许多人与我们一样，在此刻，在从前及今后，凝望同一书页，心中借此升起的，既各自不同，又彼此相通。每一本书都好像一小块磁石，使沙中的铁屑，在某一刻转朝同一方向，此时喜欢也罢，不那么喜欢也罢，人人有所得，无人有所失。

记性与书

　　这一期专栏本来想写别的题目。前天我在书架上找一本相关的书，找不到。闭上眼睛，能看到那本书在架上的模样，我固然好些年没再翻它，可眼睛扫过那书脊，不知有多少次；一睁开眼睛，它又不在那里了，取而代之的是另一本大模大样的书，装得很像，可骗不过我。这些年里我阅读很少，它所属的那个类别，更是鲜有重温，所以想不出有什么原因，要把它搬家。再说它的四周，确是原貌，同一类的书，仍挤在一起，对主人的临顾装出满不在乎的神气，对少了一位好亲眷，则一无戚容，仿佛家族里就从来没有那一成员。我想了又想，把眼睛揉了又揉，有点不自信了，因为我记性不好，自己是再清楚不过了，便不再固执，把整个书架，几只书架，都寻了一遍，毫无结果。

一个正常的人，到此处也就罢手了。可我拗性发作，就像中了邪似的，似乎不找到这本书（虽然它对我那篇拟想中的文章也不怎么要紧），世界就要瓦解了。况且我还有自知之明的另一件事，是我粗心，也许方才寻找的时候，眼光有所遗漏；再说越是熟悉的事物，越容易被我们忽略，有几个人能说出自己头顶上的天花板，有几处颜色不均匀之处呢，那可是我们每天呆望得最多的所在。还有，我们越是注意，越是容易疲劳，动物园里的大象，一眼就能看到，但若让我们去动物园找大象，兴许视而不见，甚至被大象踩到了，还明白不过来。怀着这些理论，我又找了一遍，然后就生起气来。

这不是第一次。这类事不限于书。多数时候，要找的东西，在若干天或几年后，浪子回家一般，在什么奇奇怪怪的地方现身了，至于为何会有这种事，我费劲想过，想不出来，也就认输。还有一些书或什物，仿佛是躲避我的追捕，逃掉了，远走高飞了，永远消失了，祝它们在别的地方安好吧。也有一两次寻找之后，过了一段时间，偶然发现我其实根本不曾拥有那东西，想过，但最后毕竟没有买或偷或抢，总之是在找一件不存在的东西。原因大概也和记性有关，记性差使现实感的强度减弱，和幻想便混淆了。正在我打算相信我从来没买过那本书，甚至就从来没看过那本书的时候，晚上，我在手边的一个地方发现了它，可懊恼竟甚于快乐。第一是经过那番折腾，本来想好的文章，忘了一大半，而且兴趣全失了；第二是我想不起曾把那书放在此处，便以为是别的力量在捣鬼，恨恨了好一会儿。

记性差造成的大破坏，还在别处。去年我在旧书店见到一本书，好生奇怪，这本杰作出版了这许多年，怎么会错过呢。赶紧买下，回家放在手边，连看了七八页。两三个月后，在书架上见到一物，觉得面熟，想了一会儿，取下与几月前买的那本书一比对，连版本都是一样的。更可恨的是，这书我不仅在二十年前读过，还读得十分仔细，因为那旧的一本中有许多我用笔做出的圈圈点点，有的页上还写着字，想是当时的联想，而我是极少在读书时动笔的，如非格外触动，不当至此。就这么一本书，竟然忘得干干净净，现在看着当年匆忙写下的一些联想，完全不知所云，像是陌生人的胡言乱语。这还不算完，去年底访问一位朋友的家，在架上见到这本，随口说："这书你也有呀。"朋友说："是你塞给我的。有几年了。你说你买重了。"

这真是可悲。如果是专门方面的学者，本领域中的书读过之后，还会在别的著作中见到讨论、引用，自己还要几次三番地查考、回忆，加上日常的思虑及与同行的谈论，这些不断的重温，使自己的知识系统轻易不会被记性变坏拖倒。但我这样的普通读者，走南闯北，东张西望，纵有几个自己喜欢而略熟悉的领域，毕竟更像优游之所而非家园，无法与真正的学者相比，一旦记忆大坏，未免四顾茫然了。

此事之所以也要紧，除了阅读乃人生经历的一部分，还在于（部分地）通过阅读，我们一点点设计自己的精神建筑，为使草图完美，难免要经常回顾早先的设想，理解眼前的乱线到底曾是什么。虽然说得鱼忘筌、过河拆桥都是优美的古训，但咱们做的毕竟不是一锤子买卖。想想阅读某一本书（不是所有的书都如此）时，有已经理解和欣赏的地方，也有不打算理解或欣赏之处，而总有一些内容，我们对之一时难于领会而又预感到或有深意在焉，便满怀信心地留待日后慢慢品味。至少我有匆忙的坏习惯，每每虽或把书读完，其实只尝到一半，自己也知道的，只是性子浮动，不能自制，所以

175

放在书架上如同把食物放到冰箱里，以为那是保险库，可以随时取出享用，不料或彻底忘怀，或想起时也不复新鲜。

一直后悔，还要继续后悔下去的一件事，是没有记日记的习惯。不久前拜访一位老者，他这一生经历十分丰富，我从别人那里听到他的故事，便有相当数量；他也愿意向我讲故事，只是张开嘴，半晌说不出一个字来——那些旧事，他知道在那里的，只是捉不住，那份悲哀，似犹甚于全然忘却。那些经历如同魅影，飘浮在记忆的背后，等你转过身去看，只还浮些香气；又如同海盗曾在各种地方埋下金钱，可每份地图都丢了，空余懊恼。前些日子和朋友聊天，说起小时候的一个玩具，我忽然想起与之有关的一堆事情，令我吃惊，因为那些事早已尘封，如果没人提及，我绝无可能重新记起，而且根本不知道自己有那些记忆。如果有日记，哪怕如流水账，当能连带地触发一些东西，不至于这样的白茫茫了。

那么，书架可有日记的功能？架上的书，能否帮咱们挽回些记忆的损失？是的。不过时过境迁，不要抱很大的指望。通常是，翻开十几年前读过的书，只有一小半算是重访，当年的阅读过程，是无法恢复的，兴趣与问题或游移开了，眼睛倦怠了，同样的内容，不会刺激出同样的反应。一个验证，是如果您有偶尔把书页折角以为标志的习惯，去找找多年未读的书中的折角，看有几次能记起当初为什么留这标志，那时在想什么，相信什么是需要重读的？当然这类遗忘也是前进，人总不能在每一个地方留连。令我遗憾的只是忘记得有点多，有点快，有点无情。毕竟记忆成就了我们自己，所谓丰富的精神，有九成指的是丰富的精神经历，只有一成指的是此刻的内心活动，而那又是植基在经验之上；所谓的自我意识，也是对经验之连续的感知，健忘固然不会动摇此刻的自我意识，却能令它有点像老人松垂的皮肤，规模犹在，内部则渐趋空洞。

足堪安慰的是，一件事对我们的影响，并不完全有赖于我们对之是否知晓、理解和记得。我们记得过去的重要事情，一些我们认为有意义或有趣的事情，至于每天生活中的细故屑事，谁也记不得几件，但正是那些填充起我们，不仅在当时，也在整个的生活进程中。想想文学、历史或传记甚至私人日记、戏剧和电影，所有这些对人事的记录和想象，各种方式的重新组织，都有一个特性，那便是相当程度的戏剧化，略去难以驯服的无法赋予意义的细故。作家展示其想象力和理解力的同时，又无意中诱使读者和观众的想象和理解偏离日常生活或人类原始进程的真实面貌。对整个文学家族来说，这都不算是缺陷，现代文学也有流派想把注意力调向意义不明的生活细节，可至少我不愿意去读，因为那太无趣了。我们读者或观众自能运用日常经验去纠正偏差，或主动或被动，其效果则因人而异。说到这里，似又觉得细节的损失并无大碍，不过碍也罢不碍也罢，我们没得选择，那不是我们人力所及。我们处理不了太多的东西，这不仅是记忆力或注意力的问题，更是理解力的问题，我们不理解大多数零碎的细节。从这方面说，所有的细节并未流失，它们仍卧在我们看不见的地方，在以前参与决定我们是什么人，在以后仍继续参与决定我们是什么人。

对现代读者来说，他阅读过的文字中，书只占不大的一部分，还有报纸、广告、说明书、招贴、标签……不用继续列举，连衬衫上还印着字呢，有的苹果上还有字呢。可我们谈阅读，基本上是在谈读书，似乎不太承认其他阅读的位置。我也真想不承认那些阅读对我的影响，但又觉得这不够诚实。当然，我们确实不知道那些阅读的影响，不知道读书在广泛的阅读中是主流，还是礁石。我们肯定会说，我们读书时是认真的，读别的玩意儿，就未必了，但那又怎么样？由此建立自信，似又缺乏支持，而若不承认读书的特殊地位，又在犯连续体谬误。幸好日常生活教会我们不必多跟自己抬杠，如果一件东西在背景中过得很舒服，似无必要要拿大灯去照它。忘了就忘了吧，我们不是连读过的书，也忘了许多吗？何况就算是多记得一些，也未必能增加很多对自己的了解，因为我们是这样一种整体，性质不能由每一局部的每一种可辨识的性质以及这些性质已知的作用方式精确推出——这有点像懒人哲学了。

人是善于自宽自解的。不管碰到什么事，如此那般一想，心里就舒服多了。没有这种能力，从贪婪到偷懒的进化，还真不容易完成呢。曾几何时，你我初接触一门知识时，恨不能竭泽而渔，把相关的知识一网打尽，没用多久，无复此想。阅读如此，旅行也是如此，每个人都该记住自己爬山只到半截便往回返的第一次，那多半是个标志呢；下一次，您就可能只爬三分之一，便对同伴说："似乎要下雨"，或诸如此类的托辞。再下一次，您或许事先就穿好薄底的便鞋，携上食物和器具，一步不肯爬山，却在山脚下席地剧饮，——不用惭愧，我也在山脚下坐着呢。

书架

这一篇的题目，是临时更换的。原打算写一写阅读奥古斯丁《忏悔录》的经历，可前天，我在书架上找这本书，说什么也找不到。昨天下午，我独自在家，把全部的时间和愤怒抛在书架上。《忏悔录》还是未找到，起了别的心思，便有了这个题目。

我不知道列位的书架是怎么样的，只希望不要像我的书架，那完完全全是意志的重挫，性格的惨败，每层都是对智力的嘲笑，每列无非熵的见证，而且是稀里哗啦的嘲笑，歪歪扭扭的见证。

上帝作证，起初它可不是这个模样。起初，它就像我出门时的模样，收拾得利利落落，头发整整齐齐，衬衣掖在裤子里，钥匙放在左面的裤兜中，可等回家的时候，衬衣只有一半掖在皮带下面，另一半露在外面，披头散发，鞋带拖在地上，钥匙彻底找不到了——书架就是这样。

最开始的时候，我把书本分门别类，一册一册塞进去，这边儿是历史的，那边儿是文学的，古籍和科学，离得远远的，避免了争吵，哲学与艺术，干脆就不在一个房间，免得它们一见面就打起来。不仅如此，同一门类中，还有细致的部勒，与地理相关的，放在底下一层，谈论天体的，搁在最高处，一来表示敬重，二来，反正我也很少去取读。如果一部书有四卷，一定紧紧挨在一起，不致兄弟睽隔，而且从左向右，一二三四，长幼有序；如果书的开本很大，一定与同样身材的书摆在一起，不要让它邻着尺寸很小的书，压迫得后者恼羞成怒。不用说，所有的书，都是书脊冲外的，一目了然。另外，我的书架，除了书几乎什么也不放，不像某些人家，摆进些碗碗罐罐；我只放了只鸡毛掸子，还有几件小玩意儿，都是和书有点关系的。这类雅物，我本无几件，所以不占什么地方。

　　然后……我不知道然后发生了什么，我只知道书架现在——其实已有很长一段时间了，差不多就是从购买书架的一个星期之后——的状态，除了混沌，我想不出别的字眼，还能够形容。一本讲哲学的书，杂在棋书中间，尚可理解，因为我每次读哲学书，中间总要玩点什么，来减少痛苦；但这本诗歌，挤进小说的营地，又为的什么呀。谁都知道，诗歌与小说，虽说同出一门，根本不能相容，瞧它鬼鬼祟祟的模样，活像羊群里的一头黑羊。多卷本的书，若有两册相邻，便属奇迹，通常是天各一方，而且——我记得我这么做过——就算重新把它们召集到一起，用不了多久，这些该隐和亚伯，又各奔东西。那些又厚又重的大开本的书，没有一本不是倾倒着的，把旁边的书，压在下面，我想我在睡梦中听过它们的呻吟声。还有许多杂物，诸如烟草盒，墨镜，小刀，电线，芥末酱，胶水，体温计，一只望远镜，四个象棋子儿，都进了书架。在恼火地把它们清理出去时，我打翻了一个大杯子，咖啡——估计在里面至少有一年了——流得到处都是。我的猫看到场面混乱，趁机扑过来，进行了一些破坏，还把鸡毛掸子撕碎了。

我要找的《忏悔录》，是一本红脊白皮的书。明知它早不在原处，还是忍不住几次去某个地方寻找。书架的那一角，望去一片斑斓，原先聚在一起的"红脊白皮"，还有两三本守着，别的星散流离。我把书架仔细翻了两回，又去床边、厕所、阳台、茶几、厨房，所有那些我通常把书本子乱抛的地方，找了个遍，这时我有点怀疑自己到底有没有过这本书了。

　　某一会儿，我清楚记得把书放在什么地方，记得是在哪一家小书店买的这本书，甚至记得书店老板那笑嘻嘻的模样；另一会儿，我又觉得上述这些不过是我的幻想，我压根就没买过、借过、捡过或偷过这本书。要知道，我虽然还不到一百岁，记性已很不可靠。在找《忏悔录》的时候，我就发现了好几种重复的书，都是忘记自己买过，又重新购入的。我还看见一本译过来的《燕谈录》——就在两三周之前，我还向人抱怨赫兹里特的 Table-Talk 没有译本，甚至想自己动手翻译，而完全不记得这译本不仅有，而且我还见过，而且买过，而且差一点就把它读了。

　　发了这些牢骚，希望读者不要有两种误解，第一不要以为我有许多书，第二不要以为我是书架的敌人。

其实高高低低的书架子，是我最喜欢游览的地方之一。我上中学的时候，书店不是开架的，你得在人丛中，在一两米之外，将手围成望远镜，指望能看清书脊上的小字，然后，哀求店员从架上抽出某一本书来，有一半的机会，这完全不是你想要的书，你得再次哀求他把书放回去，另抽一本，这时他的脸色可想而知。现在想来，那时在书店当店员，该是多么有趣，因为眼前总有一堆人，个个挤着眼睛，向自己身后张望。

幸运的是，初中学校的图书室，我可以自由进出，只是图书很少；和它相比，我多么憎恨（应该说又爱又恨）市图书馆，在那里只能见到密密麻麻的书卡，用铁棍穿着，盛在药铺子才使用的小抽屉里。翻动、抄录书卡，与在书架前浏览，完全是不同的经验，从那些小抽屉看不到书的模样，闻不到气息，掂不到重量，更谈不上翻阅书中的章节。现今我从不在网上买书（除非自己确知那是什么样的书），便是同样的原因。

而且我也不是完全地反对混乱，门类分明是令人愉快的，然而混乱也可以是惊喜的来源。许多年前，我去过些小地方的小书店，那种地方的店员，对分类法不甚了然，所以尽管我对种瓜浇菜一窍不通，在浏览书架时，也不想绕过摆放农业书籍的地方，说不定能在《牛奶的四种挤法》旁边，看到姚鼐的惜抱轩呢。现在我很少去书店了，一个不那么重要的原因，是光线明亮，书籍簇新，而我喜欢的，是书架丛中僻静的角落，喜欢书册上的积尘，喜欢书顶上一只孤单的指印，使我有机会想象上一位在此驻足仁思的人，是什么吸引了他，让他右手的食指，轻轻按住书顶，又是什么让他打消了念头，拿开手指。

我最怀念的一批书架，属于我曾经供职过的一家社科院。我经常几小时几小时在图书馆里盘桓，谢谢管理员，他们是我的朋友，不曾有一点不耐烦。一开始，时间耗在找书上，到后来，把书抽来翻去，本身成了一种乐趣。我在那儿翻书的时候，有时走进来别的借书人，找不到某本书，向馆员打听，这时我便插嘴了，得意地告诉他们该书的精确位置。

是啊，我曾把某一门类的所有藏书翻了个遍，为的是心中有数，知道哪些书中有哪些内容，便于以后查找。我也曾像狗熊掰玉米，把一本本挑出来打算借回家读的书，又一本本放回原处，只是因眼睛被吸引到别的地方。实际上，我在图书馆乱翻书的时间，大概要超过回家读书的时间，从架上

185

抽出一本书，随意翻动，看些段落，远比正儿八经、从头至尾地读书轻松，用不着强迫自己，用不着在不耐烦的时候对自己说："反正已经看了四分之三，与其就此抛下，不如把它读完。"

这种读书态度，和性格有关，既然拒绝研究专门的知识，我的阅读，便纯属私人的游历，由着性子，自己来决定什么是好玩的。

我记得上大学时，第一次见到那么多的藏书，见到无数盛着书卡的小盒子，无法不野心万丈，又无法不沮丧，一个人面对这么多知识，无法不渴望全部拥有，又无法不知道那是不可能的，正如世界之大，细节之丰富，远非我们的能力所能遍及，在保持好奇心的同时，亦当知何行何止。一个图书馆，一排排书架，如同在我们面前展开的一片山谷，有在脚边散发香味的青草，也有远方从晨曦中升出的峰峦，在这时，与其追随别人的踪迹，不如追随自己的本性。

图书馆里的书，后面有借阅的记录，令每一个读书人，知道自己不是孤单的，亦如在人迹罕至的小径，看见挂在枝端的一块布条，让你知道人类活动的痕迹，几乎是无所不在。

有时在借阅记录中见到熟悉的某个名字，便对那人多了一点了解，偶尔还要吃惊："他也读这书！"而把自己的狂妄，又收拾起几分。

我曾在一个下午，将一个人的名字，遇见三四次，而那个人，我知道，是曾经在此工作，而先我之来已经离职的，这时我有点觉得错过了交友的机会，尽管如果我们相识，完全可能彼此厌恶；我也曾遇见这样的事，一本书被从原来的地方移开，挪到一个角落，我把它恢复了位置，几天之后，它又在那角落里了——有人想借这书，一时额满，暂把它藏了起来，对这有点自私的举动，我不但没有鄙意，反倒大起好感，就像看见一个顽童，狡猾地藏起他的一个玩具，认为那是世上最有价值的东西。

我还曾在书架间迷失，不是找不出图书室的出口，而是找不到一本书，几秒钟前，我刚刚把它抽出来，横放在架上，这是我的标记，准备借回家看的，然后，这书就在我眼前消失了，这样的事发生过不只一次，在不同的图书馆里，而左近无人。我不得不相信这世上有一个看不见的读书人，每天穿梭在每一个图书室，他的手指触下，那书卷也失去了形体，然后在我们看不见的地方，借着看不见的光线，这看不见的读书人微笑着阅读着我们写过、读过的一切。

　　图书馆里的一排排书架，代表着人类精神活动的积累、传递。自己的书架，则是另一种意义了。

　　我前天大翻一通，收获的并不仅是烦恼。我这点可怜的藏书，这几只简陋的书架，是一种日记。尤其是那些属于旧日的、多年不曾阅读的书，那些本已遗忘——不仅忘记了书的内容，而且许多年里，不曾回想当年之阅读——的书，救活多少记忆。由一本书，我可以记起同类的若干本书，没有买在家里，却曾付以热情，曾经沉甸甸地挤在挎包里，曾在夜晚使我微笑或生气。一个旅者，偶尔发现二十年前的纪念物，便是这种感觉吧。

　　顺便说一句，前天我并没有整理书的秩序，也没有掸去尘土。如果灰尘的厚薄，亦是时间的索引，这时候，谁舍得把灰尘拂去呢。

书的物理

十天前，在地铁上，坐在我对面的一个年轻人在看书。这里说的"书"，指的是那种把字印在纸上，然后装订成册的东西。地铁上许多人在阅读，不过在我周围，只有这个人捧着这笨重的玩意，低着头，大概有点吃力地扫视那些自身不会发光的字。不一会儿，我就看出，他的注意力已经不在书上了，因为我虽然看不到他的眼睛，却能看到他的头部停住了，不再有轻微的摆动，他大概正在出神，或是陷入由书引发的什么默想，或是漫游在别的心事中。他的左手，仍紧紧夹持着书本，拇指和小指压着书页，小臂曲着把书举在空中，这是相当累人的姿势，特别是他手中的书还很厚。

我家附近有个公园，有时我斜穿过它，去我常去的地方。去年秋天的某个下午，我看到一个姑娘，多半是旁边大学里的学生，盘腿坐在长椅上看书。她一定是十分困倦了，脑袋一低就要栽下椅来，她用手平衡住自己，书则滚到地上。我从她面前的道路上走过时，她一直在擦那本书，不知沾上了什么东西。这种经验我们都有，水果，粥，红薯中流出的糖浆，会让书页沾在一起；小学生遇雨，回家第一件事，总要把潮湿的书一页页翻开，像古人那样晒干。我们又都有这样的经验，从图书馆中借到的书，偶有书页的局部粘在一起，撕开则担心损坏，不撕开又实在好奇那些被掩盖的字是什么。

我们或许认为，书的意义，在于且只在于它里面的文字。我不是藏书家，对书的外表一向不怎么讲究，不同的字体、纸张、油墨、装帧和版本，佳固然佳，不佳也就凑合着看了。然而，我也不得不承认，我们是如此复杂的生物，各种感觉彼此缠绕，没有一种是纯粹的，而所谓的精神，也从不是高高悬浮于身体之上。也是在去年（这个词在每年的一月份，

190

都是可恶的），意外地见到几本儿时的读物，本以为早就丢掉了，却被别人保存下来。这些书写着什么，或记得些零星，或全无记忆，然而这并不重要，令我感慨的，是这些读物——至少其中两三种——在另一方面的印象。其中有一本，一看到绿色的封皮，一些回忆就渗出来，我记得它原属于我的一个同学，有一次到他家玩儿，看到这本书垫起一只茶缸，我抽出书看了几眼，又借回家看了。后来归还了他，他一直放在学校的抽屉中。我翻开书的右下角，没错，那一大块墨水污还在那里，只是颜色变淡许多了。我还找到了他的签名，而我本来是已经忘记了这位同学的名字的。

说这些，是因为这些年里才出现的一个问题：纸书会消亡吗？别人问我时，我有时说"不会"，有时说"会"，有时说"不知道"。

我们预测未来的事务时，最好意识到，"未来"在此描述的只是一个线段。我们对未来的所有谈论，无论是清明的想象还是胡扯八道，无不基于我们已经拥有的经验。我们的历史，我们对自己和世界的全部知识，都是有限的，我们的野心和理解能力，也是有限的，理性仅靠自身的力量，也无从产生真正的事务。有人会认为想象力是无限的，然而这里的"无限"只是一个修辞，正如在人类事务中"永恒"只是个修辞，——多想几秒钟就能明白，想象力也是有限的。还有的人，把想象力视同一种光线，可以让有限长度的物体，有无限长度的影子，然而想一想这光线的源头，或许就不那么乐观了——总之，我们无法预测在预测时无法理解的事物，我们没有那种能力，我们不能想象与我们的文明完全两样的文明的面貌，尽管那是有可能的。

我们人类，会不会发展出一种与今天的文明迥然不同的文明来呢？也许行，也许不，谁知道呢？那种可能性总是不能排除的。然而，谈论"迥然不同"的文明，一种不同到我们今天认为永恒的价值，在其中会一钱不值的文明，一种不同到连莎士比亚的名字也没人记得、荷马的诗篇无人传诵的文明，不同到甚至不以前一种文明的结束为其起点的新文明，谈论它有什么意义呢？不止如此，便是我们今天的文明，只是渐渐地发展，只要经过足够长的时间，今天对我们来说耀眼的，迟早失掉光彩，我们今天重视的事物，没有什么可以保证熬过时间的磨损，我们没有什么办法让足够遥远的后人纪念我们。

所以，我们谈论未来的事，只是在谈论几十年、几百年至多千年中事，谈论今天事务的一种"合情合理的延续"，还得尽量不去想象可能会有什么意外的事中断、改变这种延续。在这个意义上，前面的问题，或许可以这么问：在有限的一段时间内，如果人类事务的面貌没有意外的变化，纸书会消亡吗？

我想，仍然是也许会，也许不会。

我有时喜欢来点私密的恶作剧，所以，如果问我这问题的是个手不离机、眼中反射着二极管的光彩的年轻人，我就恶意地说："才不会呢。"如果对方是个比我还老的人，身怀两副眼镜，此时正透过其中的一副充满希望地看着我，我就恶意地说："会吧。"

年轻人克制住轻蔑，瞥了一眼我鬓角的白发，同情地笑问："为什么不会呢？"

我说，为什么会呢？二十世纪——特别是后半期——的一大妄想，是高估自己的创造力。某几个领域中的飞跃，让其他领域中的人也着实乐观，好像与财主为邻，自己也凭空暴富了。现在的情况是，过多的人把赌注压在技术领域，然而一匹马身上的重注，并不能使它跑得够快。计算机与各种电子技术，最广泛地改变着人类生活，但要说这种改变有多深刻，现在判断还嫌过早，毕竟，这些技术进入日常生活，至多是几十年的事，论断它将如何转化我们的文明形态，需要很多的假定。单以书论，纸书的使用将要减少，是一定的，但要预测它的消亡，或者是不顾忌讳地深入更加幽暗的未来，或是忽略掉很多参数，且假定着我们知道所有的参数，或许就不那么勇于断言纸书的命运了。想一想还有多少不便的东西，在众多方便的替代品围攻下，一直流传了几千年，至今看不到消失的迹象，毕竟，方便、效率等等，只是我们选择事物的一些方面，不管它们是多么主要，总有另一些方面，有的我们知道，有的我们不清楚，参加着我们的决定。

老先生克制住愤怒，瞥了一眼我搭在皮带外面的衬衫，慈祥地笑问："为什么会呢？"

我说，为什么不会呢，纸书区别于电子书的，在于它的物理特征，比如我们拿起一本"真正的书"，可以哗哗地翻弄书页，一个有经验的读书人，在书店中如此翻书，不用半分钟，就基本上能判断出这本书是不是他想要阅读的，更不用说，伴随这种活动的丰富的身体感觉，是我们不舍得放弃的。如果电子书只是目前的样子，实难相信它会取代传统的图书，然而，前者会如何改进，我们既是不清楚的，又是可以指望的。一本纸书能够带来的感受，可以被模仿，可以被其他新奇的感受代替；何况人类历史中不乏先例的，是许多人们曾经珍贵无比的愉快，或是被代替了，或竟放弃了，我们不容易有充分的信心，认为把一叠装订起来的纸张捧在手里的快乐，不可取代。再者，当我们说一种古老的事物消亡，未必是指它从人类生活中从此绝迹，不见踪影，被彻底遗忘；一件事情，一旦收缩至极小的活动领域，比如只存在于收藏家和由爱好者组成的俱乐部那里，就可以认为它已经消亡。如果不纠缠于字面，而持更加务实的态度，纸书的消亡，也不是不可想象吧。

　　我的真实想法是，纸书的消亡与否，其本身并不十分要紧，要紧的，是人们在此前前后后做了什么。传统的事物，可以通过两种方式改变或消失，一种是被毁坏了，一种是被更好的事物代替了。如果其他的阅读方式足够美好，纸书的退缩甚至消亡就是必然的，对此我没什么不能接受的（准确地说，是想象这样的前景并不痛苦），而如果很长时间内书店仍然存在，纸书仍给大家捧在手心里，我也绝不会认为纸书的爱好者在干着有碍进步的事。

我年轻时有各种躁进的想法，看到一个人鼓捣些旧玩意儿，比如鼻烟壶，就嗤之以鼻。现在不怎么做如此想了，也许是马齿渐增，也许是——我更希望这是真正的原因——明白了一种道理：价值观上的保守，虽不能说是每个人的职责，但可说是每一代人的职责。每一代人，既有探寻未知、除旧布新的使命，又有看守人的责任，把前一代人交给我们的，其中的一大部分，薪火相传。

捍卫自己喜爱的事物，是应有之义，如果我们认为那事物是不好的，应该取消的，也只好就事论事，从其他的方面来说道理，比如此物有碍天理人伦等，而不能认为作为基本行为的捍卫旧物本身要不得。事实上，旧事物的鼓吹者，不管多么令人讨厌，却行使着我们社会不可或缺的功能。一件旧物可以消亡，维护旧传统的传统则千万不能消亡，没有它，社会的进步，就不再是"自然"的了。如果新的思想和行为不再是从旧土中长出，人类社会就像一个物种单调的森林，要经受前所未有的风险了，比如自我纠正的能力减弱、在更大幅度上容易受操纵、难以拒绝危险的决定等等。

作为一个以作者自居的人，我有十好几年没用过笔了，除了在单据上签名之类。笔尖划过纸张的感觉，我已经快忘记了，更不用说墨水，会滴下一大滴墨水的笔，染蓝衣服的笔……种种细节，虽不能说一点不怀念，但对现状，并无不满。让我放弃键盘，拿起笔来，我是不愿意的；然而，令我能心安地使用键盘，是因为有一些人，还在用笔，钢笔或毛笔，而且不限于中小学生。在商店里走过卖笔的柜台，不知谁还是顾客，但既然在卖，可见还有人用笔。如无那些用笔的陌生，我用着键盘，心里是会有点慌张的。

书是什么？

语词污染令人踟蹰。比如"主观""客观"这一对词，表达着哲学史中极为古老且重大的问题，可是呢，我就是不喜欢。不喜欢的原因，说起来，是在小时候接触到的红色通俗哲学中，它们同许多别的词一起，给滥用、误用、利用，到了无以复加的程度。连八九岁的小学生写总结，都会说"发挥主观能动性"，结果就是，等长大后，对这短语中的每一个词，都有厌恶之意。只好尽量回避使用，或者找替代物，不好找，但也不是完全找不到。

比如说，在某个特定的意义上，主观与客观之别，可以看成是个人与公共之别，主观的就是私人的，客观的就是大家共享的，是建造个人世界的材料。每人都拥有自己的一个小小世界，他只生活在这个世界中（同时对他人来说，他是客观的，或公共的），在他那里，死亡与世界的毁灭是同一的，然而他的世界之消失，又何尝有损于公共世界的一石一木？对每人来说，世界的核心是自我意识，我走在街衢上，两侧房屋耀眼，一个老头儿在看一个很大的广告牌，我瞧了他两眼，继续往前走，——不论在是叙述上还是实际感受中，我的世界与我同时移动，然而在他人眼中，我不过是另一个面有倦色的过客，出现又消失。我们还可以看路上的行人（我知道不少人有这爱好，还有人拿它当诗的主题），有人打着伞，有人停下来看看脚上的鞋，又抬起头来，还有一个人，手插在口袋里，肩膀绷直，好像知道有人在看他，便注意自己的姿态，——只用一点儿想象力，我们就能看到一个个世界在面前漂浮，是啊，那不只是一位穿蓝色衣服的陌生人，那是一个世界，然而，再杰出的想象力，也无力猜测那是一个什么样的世界，除非他开口说话，说很多话，甚至写书，写很多书，这样我们才知道一点儿，或多或少，而不管知道多少，他对我们来说，仍然是客观的，我们可以知道却无由感受他的世界。

说到这里，可能不少读者同我一起想到了波普尔的世界三。（编者注：波普尔将世界划分为三个基本层次：物理世界为世界一，精神世界为世界二，知识世界为世界三。）波普尔提出，人类工作的产物，比如书，音乐，房屋，工具，还有已知或潜藏的问题和理论等，有某种实在性，值得与通常说的物理世界及精神世界区分开，而为一独立的"世界"。比如说，地球绕太阳转，是一种物理事实，不论我们发现与否；某天有个疯子忽然想，地球不会是围着太阳转吧，这想法属于精神世界；但自哥白尼以来，这一理论，以及附属的一套证明，就存在于世界三之中了。

作为哲学的外行，我不是很明白这一理论的意义，它是挑衅的，用意不明，好像也不大有解释力。波普尔说，蜂巢在被遗弃后仍然是蜂巢，素数即使没被发现也仍然在那儿，这散发着柏拉图的可疑气味，还有，他坚持世界三之独特地位的理由之一是它的自主性，在很大程度上自在地存在，对我们的影响要大于我们对它的影响，我想他这么说的，心里想的是数学，而不是文学以及他热爱的音乐。

更让人迷惑的，是波普尔认为进入世界三的知识是客观知识，是一种独立于主体的态度和接受能力的认识，或没有认知主体的知识。这是否暗示着将人类拟为认知的主体呢？我不清楚。他的世界三，至少在范围上，有点儿像平时人们说的文化，有些成分，又与"传统"重叠，而当我们提到这些更熟悉的范畴时，认为那是人类共同拥有的，而共同拥有又是什么意思呢？我们常说希腊史诗是人类共同的财富，此处我们是将人类用为一种整体概念，还是个体的单纯集合呢？如果是后者，一个文盲，又是如何行使这高尚的特权呢？当然我们可以假设那"共同财富"辗辗转转，间间接接，最终影响到这位文盲，这是容易想象的，理论上可以推导的，但毕竟找不到这种被动接受的实际路线，说起来有点心虚气短。如果将人类视为历史的整体，又容易引出各种危险的观念。

　　但不管怎么说，波普尔的世界三是相当迷人的概念，想象一下那个世界，那无主之城，没有管理员的图书馆，没有看守的宝库，人们从世界一，通过世界二，访问这里，而无法停留，因为不存在可以停留的生命形式；人们留下名字、影响，而自身，不论是身体还是意识，只好徘徊在外面。

最典型的例子就是一本书。比如兰姆的《伊利亚随笔选》，我手中的这本，有浅绿色与白色相间的封面，由于保存不善而有些扭歪的书脊，它有重量，书页翻开时有声音，然而按照世界三的概念，这些只是偶然的，书之为书在于它的内容，在于兰姆制造的那些东西，不多也不少。

我阅读《伊利亚随笔选》时，究竟发生了什么？我通过一段桥梁，进入了兰姆的精神世界吗？似乎是，在他的允许下，读者来到他的一个房间，那房间是精心装饰过的，为的是迎接访客。我们无从得知它平时的样子，无从得知家具和梳子、烛台之类的什物在上个星期三是否也在同一位置，不过这毕竟是他人的房间，精美的房间。原来房间还可以这样布置，我们想。

在一篇文章中，兰姆是这么开头的："看官，假定你也像我一样，是一个瘦瘦怯怯、靠着养老金过活的人，当你在英格兰银行领过了半年的用度，要到花盆客栈，定上往达尔斯顿、夏克威尔或北郊其它地方的住所去的马车座位，难道你就没有注意，从针线街拐向主教门大街的左首，有一幢外表壮观、神态凄凉的砖石结构的大楼吗？"（刘炳善译文。后同。）

从这一小段里，我们至少可以看到两个情况。

其一，作家拼命地希望我们感受到他所感受的，或者他所希望我们感受的，他挑选字眼儿，对各种修辞手段掂量，精心布置叙述次序，有时反复试验，看怎样才能在我们的头脑中激出他指望的反应。有不少人表达过"作家都是孤独的"或者类似的意思，而这句话没什么意义，因为人的精神世界或私人世界是彼此隔离的，每个人都是同等程度地孤独，不管怎么努力，也没有办法彼此访问。

其二，人们所能做的，是退而求其次，将自己的精神世界投射到另一个公共地盘上，在那里别人可以推论你的想法，模拟你的感受。如果你善于表达或表现，你可能在很大的程度上影响很多的人，如果那是你想要做的。

在题为《读书漫谈》的随笔中，兰姆说，他把相当一大部分时间用来读书了："我的生活，可以说是在与别人思想的神交中度过的。我情愿让自己淹没在别人的思想之中。"——波普尔会形容这种性情为"希望活在世界三中"吗？可惜便如兰姆，世界三也只意味着访问和幻想，不管波普尔如何论证，多数人实难承认那是实在的，甚至它也不像个世界，因为我们使用世界这个词，想到的总是充足自行，而世界三更像个存储室。

别人的世界……波普尔说世界二是一和三的津梁，而另一种情况，是我们通过世界三来访问别人的精神世界。我们都听朋友讲过心事，在我看来，这种交流，是在"世界三"（且继续使用波普尔的概念）中发生的。朋友说："我头疼。"这句话便是精神性的作品，虽然表面上只有瞬间的存在，不像莎士比亚的"我这一手的血"占稳世界三中的一个位置，但功能是一样的。在这一方面，作家同我们常人一样，使用来自世界三的材料，在自己的精神世界要重建别人的，然后赋予美好的形式，使之有望存留在同一世界中。莎士比亚当然不曾知道麦克白夫人的实际感受，我想他的手也不曾被血覆盖，但他想象出的麦克白夫人，看上去同活人一样，或者说，同一个拥有自己的世界的人一样，——当然只是看上去。而对读者而言，窥探身边人的精神世界所得，甚至还不如阅读文学家捏造的角色所得为多，这也是为什么，高明的文学笔下的角色，对我们来说，真实感丝毫不逊于、而且总是要超过历史书中的角色。

没有世界三，人类会永远停留在原始状态。其中最重要的角色，自有文字以来，自然是书。但别的呢？我们在旅途，都见过古旧的房屋，我自己的日记中有这么一段话："它们虽然弊旧，如果仔细观察的话，你会发现种种细节，让你想象到当年盖房人的用心，他对家庭的重视，你仿佛能看到他如何在女人爱恋及督促的注视下，或他自己对生活的向往中，一点一点地积攒材料，把木头揉成美观的形状，用瓦刀一点点敲平任何刺眼的局部，他如何修出形状，按当地的风俗刻出纹饰，打磨檐头的表面，以及，最后，用漂亮的小墙或整齐的篱笆把自己的家围起来，你还能看到一家人在油灯下吃那简朴的晚饭，并在睡前检查门窗，把山风关在外面。同它们相比，那些水泥新房不过是些没有精神的工业品罢了。"最后一句责备是不正确的，水泥新房仍然是有精神性的产品，只是我那时没有看到而已。房屋和工具，画作和数学题，还有音乐，了不起的音乐，这些不同时代的人所共同拥有的，总的来说，确实是一个美好的"世界"，或历史性的社会。

波普尔还有一个讨人喜欢的看法。他认为，世界三中的东西，一旦制造出来，就摆脱了对主体的依赖，换句话说，一本书，不管有没有人读，它的存在的坚实性是不变的。

这是很让人安心的话，不只是因为世界上有那么多他人创造出的好东西我无缘领略，更因为就在我自己的家里，书架上，还有好些书，买来了，厚着脸皮不去阅读，好些音乐，买来或偷来了，不去听。如按波普尔的说法，我用不着那么惭愧，我之不读，顶多对不起自己，却没什么对不起那书的。

读书为己

　　我期待的阅读，应更多地为了求同，而不是求异。是的，当代人，特别是在精神上有所自任的人，很大的一个恐惧，是害怕自己泯然众人，失去个性——好像那是一种真的可以失去的东西。在荒乱中，画家把笔落在他不应当注目的地方，只因为似乎没有人那样做过，在这一时刻，他会不会破坏了自己艺术理想的完整，企图变成一个他所不是的人呢？这只是个比方，我想说的是，我们或许太注意于显示个性，而不是形成个性了。

当然，个性虽然不会失去，却有可能沉默，埋藏，枯萎，凋零，直到不可辨识，除了偶尔为表面性格的无关紧要的装饰；但在我的想象中，只有不完整的、未得到充分发展的个性，才会落到如此田地，而强壮的个性，一旦形成，它自己便是自己的养分，它自己引导自己的方向，如果用花朵来比喻，它是这样一种向日葵，不但能发现阳光射来的方向，在黑夜，甚至可以自己指导自己。我达不到，却很向往这样一种个性（不过有时候也想到，强壮的个性并不全都是美好的个性）。

我经历过求异的、企图显示个性的阅读，借过、买过本来不打算读或看不懂的书，有过竞争式的阅读，曾以比张三读书多而骄傲，也曾因虽不如李四读书多却在某一角落超过他而自得。幸运的是，即使在种种浮浅念头的围攻中，每个人都有机会沉静下来，其中的一个原因，是一本好书，不管出于什么糟糕的原因去读它，仍然是一本好书。像我这样的天性基础很差的人，如果没有这些书的护佑，真不知会成为什么样子。在这自知之明的指引下，我的阅读，逐渐成为旨在寻找自己的经验与他人经验的共同之处，附骥于由远更出色的人发起的队伍，以一个更深长的尺度验证和评价自己的各种零星念头。我当然也有展现个性的愿望，但阅读不是那恰当的场所。

曾经面临的危险之一，是将本应用于格己的尺度，转向他人或众人，这时便是以执尺人自居了。像我这样的读书人，容易犯的一样毛病，是当谈论"精神"之类的概念时，将人类一分为二，好像自己属于一个俱乐部，这俱乐部不仅有门卫把守，绿树荫护，进门时还要考试呢。当然，我承认人类在几乎所有带有组织特性的领域里都是分阶层的，相信这种状况会持续很久很久。便是现在，我也经常不怎么犹豫地使用"通俗""大众"之类的字眼，然而同时心里清楚，没有充足的证明，能够让我们放心地以为人类的精神历程可以分为两个进程，其中的一个需要另一个的率领或拯救，不管有时看起来多么如此。我们始终不清楚人类整体演进的机制，不清楚琐屑与伟大的关系，不清楚复杂的社会事务彼此是如何相互影响着。在经验的海洋中，在我们有限的观察和理解能力面前，一些看起来是岛屿的事物，其实是飘浮的，我们用已有的知识与想象为它扎下根来，而不知道那实际的根基究竟是什么状况。由于这方法上的障碍，读书人管住自己的某种倾向，完全不能算是谦虚。

由此而来的是两难的境况。一方面，如前所说，读书的目的是谦虚而不是骄傲，另一方面，我又赞同每一个人，都有资格捍卫、宣扬自己的主张，批评他所反对的。如果一个人坚信自己属于正确的少数，他为什么不可以批评多数人呢？

我在大学里接触到尼采的书，那时只能找到旧译和台湾的译本，学生们抢着借阅。他的书，最能激动自命不凡的年轻心灵，因那时的我们不愿被说服，却对感染力毫无防范。不过对尼采的热情来得快去得也快，我想这是性格使然（我还认为，自己没成为画家，同样是因性格中的这种成分，而不是因为我连鸡蛋也不会画）。

写这篇文章前，我找出尼采的一两种著作翻看了一下。他还像当年那样直言不讳。《悲剧的诞生》里，有一处这么说：有些人，由于没有体验，或是出于冷漠，嘲笑酒神式的狂喜，避之如避瘟疫，在他们眼里，那些迷醉的人是病态的，而自己才是健康的，殊不知自己那所谓健康与酒神精神下的炽热、沸腾的生活相比，简直毫无生气。在另一个地方，尼采大声谴责对知识的无餍胃口，技术发明带来的快乐，对异域事物的迷恋，对现今和未来的崇拜等等；这里他批评的对象，很像是我们今天所说的"当代性"或"现代性"。

巧的是，尼采的这两种批评（针对大众与针对时代），差不多也是今天批评家的口实。前几天阅读的一本书，脚注中提到美国小说家詹姆斯·索尔特在1999年写的一篇文章，"从前有文学，现在有什么"。我得承认，这标题对我有某种邪恶的吸引力。我从《纽约时报》的网站找到这篇文章，仔细看了一遍。

我对这位作家不怎么了解，不过我大胆地猜测，有些话他也许憋得很久，不吐不快了。类似立场的表达，这些年来并不少见，不过在此类社会批评或文化批评的声浪中，詹姆斯·索尔特的文章仍有引人注意，或者说令人吃惊的地方。他简短回顾了他阅读的经历，还有写作的经历（他写过十五年电影剧本）。他自拔于泥淖，然后发现，整个社会不但没有同他一起进化，反而——从他此时的位置看来——离他而去。

通俗文化已经淹没了"高雅文化"（high culture），谁也不知道这会有什么后果。通俗文化从其赞助者，从那些年轻人以及更多的曾经年轻的人那里，得到滚滚而来的财富，越来越繁荣昌盛。像乔治·卢卡斯的《星球大战》这样的垃圾，三部曲也好，五部曲也好，成了最受欢迎的、议论得最热闹的作品，本来用于称颂经典杰作的一批措词，现在用在了它身上。在我们眼前发生的，究竟是趣味的崩溃，还是足以取代《荷马史诗》或可与之比肩而立的新神话的诞生？

我敢说，大多数从事或自认为从事精神性工作的人，心里都藏着类似的话，有些人率直地说出来，有些人隐藏起意见，至少不在公众面前如此谈论，还有些人出于自我怀疑而克制住批评的冲动。对自己所处时代之趣味堕落的哀叹，是古老的话题，但在近几十年，由于娱乐工业和互联网的影响，事情似乎有些不一样，我们所见证的，果真是一种深刻的变化吗？抑或只是被放大了的曾经不断重复的过程？这是难于判断的。

不论是拥护什么还是反对什么，我赞同让这些拥护和反对处于自发的状态。比如互联网汉语的批评者中间，有人只是腹诽，有人发表温和的批评，有人鸣鼓而攻，并指责前两种人缺少担当——我认为，每个人从自己的个性和处境出发，用自己习惯的方式表达意见，是唯一自然的批评和赞扬形式。我们每天听到各种我们不同意的意见，还听到许多我们大体赞同却认为其表达大有缺陷的意见，这是令人欣慰的，因为我们所能想象的每一个立场，不管多么离奇，都不乏表达。

有一种说法是"社会需要"不同意见，我想这不是"社会需要"（实际上，根本不存在什么社会需要），我想这是不同的个性在共同塑造社会。

在这种背景中，詹姆斯·索尔特不过是完成自己的角色，其意见，我们尽可心平气和地听，甚至当他如此说的时候——

我越来越注意到那些各行各业的成功人士，他们对艺术麻木不仁，对历史一无兴趣，对语言略无关心。在他们的经验中，如果有什么事是自我超越的，也许只有生孩子这件事了，别的都难以想象。狂喜对他们而言，只有物理涵义，他们对此心满意足。文化是完全不必要的，尽管他们喜欢追踪最新的电影和音乐以及——或许——畅销书。

这里有一个问题。为什么——比如——一位木匠需要关心历史，留意语言的演进，对艺术倾心热爱，而文学家并不需要关心木匠的工作？我想对此，詹姆斯·索尔特有他的回答，我猜想他大概会说，因为艺术历史等等，处理的是更加深邃、普遍的经验，所以比用钉子连接木条更加……更加什么呢？詹姆斯·索尔特说，"艺术是一个民族真正的历史"（这句话令人想起尼采说的艺术是人生之最高使命），很显然，他使用的价值阶梯不但是精神性的，并是排他的精神性阶梯。

　　我怀疑的是，难道詹姆斯·索尔特，以及我们，真的希望所有的人，都同他一样，追随"约翰生博士和莎士比亚的语言"吗？如果我们认为自己希望的话，不妨再问问自己，这是实际的期待，还是惠而不废的空洞愿望？艺术也罢，文学或历史学也罢，在整个社会中的位置，在哪个时代不是恰如其分的呢，特别是当我们不把这些东西看成某种传统派到我们时代的使者的时候。

　　好的东西，在于其自身的好，不在于周围事物的隳坏。何况事物的隳坏，是极难断言的事情。我想到另一位小说家，大名鼎鼎的索尔·贝娄，他在1990年的某次题为"精神涣散的公众"的演讲中，从某位英国作家那里借来一个词，叫做"愚蒙地狱"（moronic inferno）。索尔·贝娄把这个词藏在行文中不显眼的地方，尽管如此，它还是非常刺眼的。他在演讲中说到，公众的关注仿佛一个被各色势力刺探、侵占、蹂躏的大陆，通信产业对公众提供、错误提供或拒不提供有关信息，使我们处于一种杂乱无章、精神涣散的状态之中。显而易见的事物被淹没了，我们接受大量的过剩信息，却对实际在发生着什么毫无头绪。越来越多的大众话题，越来越少的个人意识，我们依赖于一浪又一浪的新闻事件，来掩盖自己的焦虑。

与詹姆斯·索尔特劈头盖脸的哀叹相比，索尔·贝娄说得更细致，更容易接受，他还谦虚地说：同一些作家、画家等等，本身就是精神涣散之子，因为单纯的现实主义就是这样要求的。如此，他们才尤其有资格来接近精神涣散了的人群。他们势必去经历诱惑，以及我们这里所讨论势力的那种毁灭性。这就是那种毁灭性因素。我们不需要人们的召唤，就能把自己淹没于其中,因为我们就生于其中。(李自修译文)

所谓"同一些"，是在索尔·贝娄看来，这些人中的出色者，有机会带领我们走出精神涣散之境——也许会，也许不会，到时候再说吧。

我一再回味"愚蒙地狱"这个词。打开窗子，走到大街上，或进入互联网，如果眼前所见的是地狱，我得说，人类从来就在这种地狱中，也看不到什么希望从此上升。它所形容的不过是人类的普遍处境，在不同的时代以不同的面貌供不同的人理解和品味，这么一想，"地狱"这个词就失去了力量，显得不过是情绪的发泄。不论从哪个方面看去，我们固然不在天堂里，但也绝不在地狱中。比如说，地狱里怎么会有太阳、清水和书籍？

我自然不会主张放弃社会批评以及放弃用自己的价值去影响社会（有人称之为"改造社会"，这是个非常攻击性的、意图可疑的词），但我的理解是，这种"工作"适合以个人身份进行，而不是成为某种传统的代表，去压制其他的传统。以阅读而言，每一本书的好处，是使我们融合于人类整体，而不是自外或自异于它。